Cari Mora

卡丽小姐的黄金屋

[美国] 托马斯·哈里斯 著
Thomas Harris

周建川 译

译林出版社

图书在版编目（CIP）数据

卡丽小姐的黄金屋 ／（美）托马斯·哈里斯
（Thomas Harris）著；周建川译 . —南京：译林出版
社，2024.7
　　书名原文：Cari Mora
　　ISBN 978-7-5447-9825-9

Ⅰ.①卡… Ⅱ.①托…②周… Ⅲ.①长篇小说－美
国－现代 Ⅳ.①I712.45

中国国家版本馆 CIP 数据核字（2023）第 248656 号

Cari Mora　by Thomas Harris
Copyright © 2019 by Thomas Harris
This edition arranged with Hachette Book Group, Inc.
through Andrew Nurnberg Associates International LTD
Simplified Chinese edition copyright 2024 © by Yilin Press, Ltd
All rights reserved.

著作权合同登记号　图字：10-2018-585 号

卡丽小姐的黄金屋　［美国］托马斯·哈里斯／著　周建川／译

责任编辑	竺文治
装帧设计	韦　枫
校　　对	戴小娥
责任印制	闻嫒嫒

原文出版	Penguin，1990
出版发行	译林出版社
地　　址	南京市湖南路 1 号 A 楼
邮　　箱	yilin@yilin.com
网　　址	www.yilin.com
市场热线	025-86633278
排　　版	南京展望文化发展有限公司
印　　刷	江苏凤凰通达印刷有限公司
开　　本	890 毫米 ×1240 毫米　1/32
印　　张	6.875
插　　页	2
版　　次	2024 年 7 月第 1 版
印　　次	2024 年 7 月第 1 次印刷
书　　号	ISBN 978-7-5447-9825-9
定　　价	49.00 元

版权所有·侵权必究

译林版图书若有印装错误可向出版社调换。质量热线：025-83658316

第一章

午夜时分,两个相距一千零四十英里的男子正在通话,手机映亮了黑暗中的侧脸。

"你说的那个房子我能找到。把我不知道的全都告诉我,热苏斯。"

听筒里只有电流声,然后传来对方微弱的回答。"你答应给我的钱只付了四分之一,"他咳嗽了两声,"把剩下的钱给我。给我钱。"他又咳嗽了两声。

"热苏斯,如果你不说的话,等我找到我想要的东西,你一个子儿也别想拿到,永远别想拿到。"

"你说得没错。这是你这辈子说过的最正确的一句话。"又是两声咳嗽,"你要的东西下面放着十五公斤塑胶炸弹……如果没有我的帮助,你找到它的时候自己也已经被炸到月亮上去了。"

"我的手很长。"

"还没有长到能从月亮上伸下来,汉斯·佩德罗。"

"我叫汉斯·彼得,你不是不知道。"

"你的手长到能摸到自己的命根子吗？你刚才是这个意思吗？我对你的身体毫无兴趣，别浪费时间了，把钱给我。"

电话挂掉了，双方都躺在床上凝视着黑夜。

汉斯·彼得·施耐德在他位于基拉戈岛的那条长长的黑船上。船头传来女人哭泣的声音，他模仿了一阵子她的哭声。他很擅长模仿。他学着自己母亲的口吻大声喊着女人的名字。"卡拉？卡拉？亲爱的孩子，你为什么哭泣？这只是一个梦。"

黑暗中，绝望的女人一时没有回过神来，随后哭得更加凄惨。

女人的哭声对于汉斯·彼得而言就像是动人的音乐，他感到一阵平静，然后进入了梦乡。

在哥伦比亚的巴兰基亚市，热苏斯·维拉利尔依赖呼吸机稳定气息。他猛吸了几口氧气。黑暗中，他听到病房里另一个病人在大声向上帝[①]求助："热苏斯！"

热苏斯·维拉利尔对着黑暗中的病友轻声说道："我的朋友，我希望上帝听到了你的求助，但是我表示怀疑。"

热苏斯在他的一次性手机上拨通了巴兰基亚市一所舞蹈学校的电话号码。他摘下了氧气面罩。

"不，我不想学跳舞，"他说道，"我现在还不想。我想和多恩·恩内斯特说话。你当然知道这个人。把我的名字告诉他，他知道是怎么回事。"他咳嗽了两声。

---

① Jesus既是耶稣，也是普通姓氏热苏斯。——本书注释均为译注。

第二章

汉斯·彼得·施耐德的黑船缓慢地驶过比斯坎湾的那座豪宅，海水拍打着黑色的船舷，发出汩汩的声音。

卡丽·莫拉，二十五岁，穿着睡裤和背心站在清晨的阳台上舒展着身体，汉斯举着望远镜遥望着她。

"真漂亮。"汉斯说道。张嘴的时候可以清楚地看到他又白又长的虎牙。

汉斯个子挺拔，面色白皙，脑袋上光秃秃的。他没有睫毛，眼睑直接贴在了望远镜的目镜镜片上，留下点点污痕。他掏出一块亚麻布手帕擦了擦目镜。

船上站在他身后的人是房产经纪人菲利克斯。

"就是她。她就是管家，"菲利克斯说道，"没有人比她更熟悉这栋房子，她还会修东西。找她了解情况，然后我会在她看到她不应该看到的东西之前炒她鱿鱼。她可以帮我们节省不少时间。"

"时间，"汉斯说道，"时间。还要多少时间才能搞定拍摄许可证？"

"现在的租客还没拍好广告。他的许可证还有两周到期。"

"菲利克斯,我要你给我那栋房子的钥匙。"汉斯的英语带着德语口音,"我今天就要钥匙。"

"你现在去会有麻烦的,如果你拿了我的钥匙,他们会知道是我给你的。我再说一遍,你拿了我的钥匙,他们会知道是我给你的。"菲利克斯独自笑着说道,"请听我说,我今天去找租客,让他行个方便。你得白天去看房子。不要一个人去。你可能不知道这栋房子是个让人毛骨悚然的地方,在她之前已经换过四个管家了。只有她不害怕这栋房子。"

"菲利克斯,你去找租客,给他钱。给一万美金。但是现在给我钥匙,不然五分钟之后你将成为一具浮尸。"

"你不要得罪她,否则她不会帮助你的,"菲利克斯说道,"她晚上睡在那里,以防失火什么的。有时白天她在其他地方干活儿。你要去就白天去。"

"我就是随便看看,她不会知道我去过的。"

汉斯透过望远镜仔细观察卡丽,她正踮着脚尖给野鸟喂食器装食。这么漂亮的身体不好好赚一笔真是太可惜了。她身上那些罕见的疤痕能卖出很多钱。他也许可以从努瓦克肖特[①]的艾克洛托石桩俱乐部拿到十万美金。这只是四肢的钱,不包括文身。如果按照客户的要求定制,加上工时,他能赚到的钱要更多,可能有十五万美金。不过这些都是小意思了。那栋房子里藏着价值两千五百万到三千万美金的宝贝。

---

① 毛里塔尼亚的首都。

阳台旁的鸡蛋花树上，一只园丁鸟在啼唱，这首曲子是它当初在哥伦比亚的云林里学会的，现在飞到了北方的迈阿密沙滩唱了出来。

卡丽·莫拉听出了生活在一千五百英里之外的园丁鸟独有的叫声。它唱得很欢。卡丽露出了笑容，停下来仔细倾听来自她童年记忆中的鸟鸣声。她对那只鸟吹了声口哨，小鸟也回应了一声。卡丽转身进了屋子。

汉斯伸出手，菲利克斯掏出钥匙放在了他的手心上，没有和他产生肢体接触。

"房子的门上都有报警装置，"菲利克斯说道，"但是日光浴室的报警装置有点小问题，暂时还没有买到修理用的零件。它在房子的南边。你有撬锁工具吗？使用钥匙之前先用撬锁工具拨掉报警器的锁芯，免得发生意外。"

"我会按你的意思去做的，菲利克斯。"

"如果把她惹毛了，她什么也不会告诉你。"菲利克斯说道。

回到码头的车上，菲利克斯掀起后备箱的垫子，拿出与千斤顶和修车工具放在一起的一次性手机。他拨打了巴兰基亚市一所舞蹈学校的电话号码。

"不，先生。"他对着电话那头说道。尽管身在户外，他还是压低了声音。"我已经尽可能不让他早点得到许可证。他有自己的律师——他会发现是我干的。他早晚会进入房子。就这些。他知道的并不比我们多……是的，我拿到了定金。谢谢你，先生，我不会让你失望的。"

第三章

卡丽·莫拉有好几份日工。她最喜欢的一份日工在鹈鹕港海鸟救助站，那里的兽医和志愿者帮助受伤的鸟类和其他小动物恢复健康。她在那儿的工作是保持治疗室的卫生以及下班前给医疗器械消毒。有时她还要和表妹一起负责出海船只上船员的饮食。

卡丽总是提前去那里上班，这样就有机会接触到动物。救助站给她提供了白大褂，她很喜欢穿在身上，因为这会让她觉得自己是个医生。

兽医们都很信任她，因为她心灵手巧，对待动物非常仔细。今天，在布兰科医生的注视下，她给一只被鱼钩弄伤了咽囊的白色鹈鹕缝合伤口。缝合咽囊是一件细致的工作，必须要分层进行，每一处缝合都要单独完成，而且接受手术的鹈鹕还需要接受麻醉。

这是一份需要沉着与专注的工作。这和她童年时代的经历大不相同，那时候，她在战场上用床垫针缝合法给伤兵止血，有时把止血带与防雨披风简单地盖在受伤的胸腔上，一边用手压住伤口，一边用牙齿咬开压缩绷带。

忙了一天，鹈鹕已经在康复笼里睡着了，布兰科医生与其他人也已经回了家。

卡丽从冰箱里取出一只老鼠解冻，然后收拾了一下治疗室，并且把外面路边和围栏里的水换了一遍。

收拾好了屋子，给器械消完毒之后，她给自己打开了一罐罗望子可乐，然后拿着解完冻的老鼠走到外面围着电线的围栏边。

那只巨大的鹈鹕正在围栏里远处角落的一根栖木上睡觉。卡丽把老鼠从电线中间塞进去，放在一个狭长的食品架上。她闭上眼睛，等待着听到鹈鹕过来的声音，以及随后它会扇动巨大的翅膀将风浪拂过她的脸庞。但是那只大鸟却未能会意，它直接用X型的爪子一把抓起老鼠，静静地踱回它的栖木，张开巨大的鸟喙把老鼠一口吞了下去。

这只鹈鹕是救助站的永久居民，它不可能被放回自然，因为一次电源线事故中它失去了一只眼睛，不具备捕食能力，但是飞行能力没有受到影响。城里学校的自然课上，它是很受欢迎的客人，经常需要接受几百双眼睛的观察，有时它会闭上眼睛在课上打起瞌睡。

卡丽坐在一个倒放的木桶上，背靠着电线，对面一只脚趾受伤的鲣鸟正注视着她。不久前卡丽用兽医教给她的方法用干净的滑轮针给它缝合了伤口。

附近的码头上，一条条船上已经亮起了灯光，厨房里的一对对夫妻在甜蜜地做着晚饭。

卡丽·莫拉出生在战争年代，她的梦想是成为一名兽医。她用临时保护身份在美国生活了九年，当前的社会局势很不稳定，她的临时保护身份会被政府随时取缔。

在移民制裁前的几年里,她已经拿到了相当于中学毕业生的文凭。她悄悄地在文凭上加上了自己曾经接受过为期六周的家庭健康护理培训课程的经历以及非同寻常的人生经历。但是想要进一步深造,她提供的材料还得更有说服力。移民及海关执法局的官员整天盯着他们这种人。

热带地区的黄昏时分持续的时间并不长。她搭乘公交回海湾的那栋豪宅。抵达的时候天都快黑了,在最后一丝光亮的衬托下,棕榈树看上去黑乎乎的。

她在海边坐了一会儿。今晚的海风带给她的全是那些逝者的记忆——她给止过血然后在她怀里死去的那些大人和孩子,死前拼了命地呼吸,身体不停地颤抖,最后全身瘫软。

其他的晚上,海风轻抚着她,就像轻轻的一吻,像睫毛拂过脸庞,像爱人在脖子上的甜蜜的呼吸。

海风日复一日地吹拂,但每次的感觉不尽相同。

卡丽坐在房子外边听着蛙鸣,池塘里的睡莲与她远远相望。她看了看自己用木板做的一个鹈鹕屋的入口,没有看到里面有东西,只隐约可见入口处有三只青蛙。

她学园丁鸟吹了声口哨,但是没有听到回应。独自吃饭是一天之中最难熬的时光,她感到一阵空虚。

巴勃罗·埃斯科巴是曾经的房主,但他从没有在这儿住过。认识他的人都认为这个房子是他为家人买的,以防有一天他被引渡到美国。

埃斯科巴死后,这栋房子前前后后换过不少主人。有纨绔子弟,有糊涂虫,有炒房客,还有从法庭上把它买下来的花钱大手大脚的富人——他们的财富常有波动,房子在他们手上的时间一般不会很长。房子里随处可见他们当初的冲动:拍电影用过的道具,巨大的人体模型,这些道具和模型都做着猛冲或者伸手的动作。除此之外,还有服装人体模型,电影海报,唱片机,拍恐怖片用的道具,以及一些情趣家具。客厅里有一把纽约州辛辛监狱用过的早期电椅,这把椅子只处死过三名犯人,上一个给它调试电流的人是托马斯·爱迪生。

卡丽走过这些模型——匍匐着的电影怪兽道具,电影《佐恩星球》里十七英尺高的外星之母道具——回到台阶上面自己的卧室,一路上打开又关上一盏盏灯,最后,卧室里的灯光熄灭了。

第四章

有了菲利克斯给的钥匙,汉斯可以悄悄潜入他迫不及待想要去的迈阿密沙滩上的那栋豪宅。趁卡丽·莫拉睡着的时候不声不响地进去。

汉斯住在迈阿密北滩比斯坎湾附近老雷舟路上一座不起眼的仓库里。他的那条黑船停靠在附近的一个船库。他一丝不挂地坐在浴室中间的一张小凳子上,浴室的墙壁上装着很多喷嘴,水柱从各个方向喷射在他身上。汉斯在唱歌,带着德国口音:"……雨中唱着歌,感觉多美好,我又一次开心起来。"

在他的液体火化机装有玻璃的一侧,他可以清楚地看到自己的倒影,而火化机里正在溶解的是那个叫卡拉的女孩,她没能被贩卖出去。

在蒸腾的雾气里,汉斯在玻璃里的样子像一幅达尔盖银版照片。他摆出罗丹的思想者的姿势,用余光瞟着玻璃里的自己。碱液的气味随着蒸汽弥漫开来。

他饶有兴致地看了会儿镜子里的思想者。在那块玻璃后面的溶解室里,卡拉的身体已经被腐蚀性的碱液化成了肉水,只剩下骨头竖在里面。火化机来来回回地搅拌,机身不停颤动,泛着水泡。汉斯对这台火化机非常满意,他花了大价钱才把它搞到手。液体火化正在成为潮流,环保主义者极力呼吁避免传统火化带来的碳排放。液化法不会留下碳排放,什么也不会留下。如果哪个女孩卖不掉,他只需要在马桶里把她冲掉,什么都不会被污染。他干这活儿的时候喜欢唱这首歌:

"打电话给汉斯·彼得——这就是他的大名!——所有的烦恼都在下水道里一干二净——你真棒,汉斯·彼得!"

在卡拉身上也不是一无所获——他享受过她的肉体,还可以卖掉她的两个肾。

火化机散发的热量弥漫了整个浴室,汉斯很享受这种感觉,他把温度设定在七十一摄氏度来延长整个过程。他喜欢看着卡拉的骨骼慢慢地从肉体里显现出来。他就像个爬行动物,对热量毫无抗拒力。

汉斯在盘算穿什么衣服潜入那栋房子。他有一套刚从奇幻大会上偷来的白乳胶连体衣,这套衣服他十分喜欢,就是在把大腿套进去的时候会发出吱吱的声音。不行。如果在看着卡丽·莫拉睡觉的时候想脱掉衣服,必须穿没有魔术贴、不会发出声响的宽松的黑色衣服。如果身上沾上了血液,还必须站在大塑料袋里换掉衣服,另外,要带上一瓶销毁DNA证据的漂白剂。还要带上探测器。

他用德语唱着歌,是巴赫在《哥德堡变奏曲》里用过的一支民歌,歌名叫作《泡菜和甜菜我都不爱》。

要去干刺激的事情,要潜入私宅,要回到巴勃罗那座陷入沉睡如同地狱的房子,汉斯感到一阵亢奋。

凌晨一点,汉斯来到了房子附近的树篱里。天空满月当头,洒满月光的地面上,棕榈树的影子像一团黑色的血液涂在地上。一阵风儿吹过,树枝不断摇曳,地上的树影看上去像极了人影。现在,就是人影。汉斯等待时机,利用变幻的树影穿过了草坪。

房子还在散发着白天吸收的热量。贴在墙角的时候,他感觉像是贴着一头温暖的巨兽。汉斯紧贴着墙边向前走,感到自己的身体忽冷忽热。月光洒在他的身上,他感到头皮热得发痒。他觉得自己像一只小袋鼠趴在妈妈的肚子上向育儿袋爬去。

窗户上有些金属防风百叶窗是放下来的。房子里黑乎乎的,透过日光浴房的茶色玻璃,他什么也没看到。汉斯掏出开锁工具插进了锁眼,勾了两下,拨动报警器的锁芯。

他又掏出菲利克斯给他的钥匙缓缓插了进去。他感到一阵战栗,这种感觉很舒服。贴着温暖的房子,把钥匙插进锁眼,这种感觉他再熟悉不过了。锁芯发出微弱的嘀嗒声,就像是那回他听到的小虫子互相交流的声音,那次他重返一片灌木丛去察看一个死亡多日的女人的尸体,发现尸体的温度很完美——比活人的体温还要高,因为尸身遍布一堆堆的蛆虫。

椭圆形的钥匙柄现在成了水平状,如果他决定上楼的话,他也会水平状地压在她身上,直到她的身体变冷。遗憾的是,她变冷的速度要比房子更快,因为后者还在继续散发太阳的热量。房子里面有空调,给她盖上几条被子也无济于事,被子不能让死人感到暖和。很快她就会变冷,很快。

没必要现在做决定。不如就听从内心吧,看看自己能不能抗拒内心的决定,这会非常有趣。内心还是大脑,大脑还是内心,好纠结。他希望她身上有香味。泡菜和甜菜,我都不爱。

他转动把手把门推开,门口的挡风雨条发出一阵嘶嘶声。绑在鞋头的探测器会发现地毯下面有没有藏着金属报警器。他轻轻迈开一只脚踏进日光浴房,然后站稳。他向里面走去,向凉飕飕的黑暗中走去,暂别了草坪上的树影和照得他头皮发热的月光。

身后的房角传来一阵沙沙声。

"什么鬼,卡门?"是只鹦鹉的声音。

汉斯手里拿着把手枪,他都不记得是什么时候掏出来的。他一动不动。笼子里的鹦鹉还在扑腾,在栖木上上蹿下跳,嘴里念叨个不停。

人体模型的影子投射在洒满月光的窗户上。他们是活人吗?黑暗中,汉斯从它们身边向前走去,一只伸出的石膏手碰到了他的身体。

就是这儿!就是这儿!黄金就在这儿!就在这儿!他本能地知道就在这儿。如果黄金长了耳朵,就会从他现在站着的地方听到他内心的呐喊。盖着布的家具,盖着布的钢琴。他走进酒吧,里面有一张盖着布的台球桌,桌布的下摆挨着铺着床单的地板。制冰机发出制好冰块的声音,他借此机会蹲在地上等待时机,一边听着动静一边思索。

那个女孩对这里很熟悉,在对她动手之前先把该问的问清楚。之后还能从她身上赚一笔。她不会比之前一千多个死去的人贵多少,而且要赚到这笔钱,他必须把她放在干冰里面运出去。

让她从睡梦中惊醒太不明智了,但是她在阳台上的样子那么迷人,让人心动,他想去看看她睡着的样子。他有资格享受一点乐趣。

也许他可以射在她的床单上,她受伤的手臂上,这样就够了吧。哦不,还要射在她熟睡的脸庞上,管它呢。也许还会流进她的眼角。啊哈,她的眼睛应该做好准备迎接泪水。

大腿口袋处的手机在震动,他找了个安全的地方躲了过去。是菲利克斯发来的短信,他的感觉更好了。短信写道:

> 我拿到了。我给了他一万美金让他交出了许可证。好事就他妈的要来了。明天就能搞定。现在可以搬进去了。

汉斯蹲在台球桌下面的地毯上用手指敲了回信。他把自己的手指称作锌指,指甲因为遗传病长得凹凸不平,头发也因这个病掉光了。他读过医学院,学过关于锌指的知识,后来因为道德问题被学校开除了。幸运的是,他的父亲已经打不了他了。指甲非常锋利,用来挖挖没有鼻毛的鼻孔倒是非常方便。不过,他的鼻子对霉菌、孢子、苋属植物和油菜的花粉过敏。

卡丽·莫拉从睡梦中醒了过来,她也不知道怎么回事。醒来后她本能地听了听是不是树林里的鸟儿发出的警叫声。随后她完全清醒了,环视了一圈宽敞的卧室。所有的夜灯都在正常工作——有线电视盒子的灯,恒温器的灯,墙上的夜光钟。只有报警器的灯是绿色的,其他都是红色的。

有人关掉了楼下的报警器,哔哔声让她警觉起来。报警器的灯光开始闪烁,那是有东西触发了一楼的动作传感器。

卡丽·莫拉披上卫衣,拿起床下的棒球棒,把手机、匕首和防熊喷雾放进口袋。她走到大厅,向螺旋形的楼梯下面喊去。

"谁?你最好说句话。"

十五秒钟过去了,什么动静都没有。然后下面的人说道:"是我,菲利克斯。"

卡丽转了转眼珠,看了会儿天花板,嘴里舒出一口气。

她打开灯,走下螺旋形的楼梯,手上依然拿着棒球棒。

菲利克斯站在底楼一个电影道具的下面,那是《佐恩星球》里的一个太空獠牙兽。

菲利克斯看上去没有喝醉,手上也没有武器,在房间里还戴着帽子。

卡丽在离地面还有四级台阶的地方停住了。她并没有注意到菲利克斯的眼神之中藏着狡诈。这很好。

"你半夜来找我应该先打个电话。"卡丽说道。

"就在刚才,有了新租客,"菲利克斯说道,"他们是拍电影的,给的钱很多。他们希望你留下来,因为你熟悉这个地方,也许还要给他们做饭,这个我也说不准。我给你找了份工作,你应该感谢我。他们给你付钱之后你应该对我意思意思才对。"

"拍什么电影?"

"我不知道,也不在乎。"

"你凌晨五点过来就是为了告诉我这个?"

"只要他们愿意付钱,就让他们来吧,"菲利克斯说道,"他们希望天亮之前搬进来。"

"菲利克斯,你看着我听我说。如果是拍黄色电影,你知道我会怎么做。那样的话,我立马走人不干了。"

在《洛杉矶B措施法案》通过之后,拍摄黄色电影必须使用安全套,禁止夸张的动作,因此,许多黄色电影公司搬到了迈阿密。

在这之前,她从没和菲利克斯起过争执。

"不是黄色电影,是纪录片之类的吧。他们需要二百二十伏的电压和灭火器。你知道这些东西是干什么用的,对吧。"他从夹克里掏出一张皱巴巴的迈阿密沙滩拍摄许可证,并让卡丽给他找些胶带。

十五分钟之后,她听到比斯坎湾有船只靠岸的声音。

"把码头的灯关掉。"菲利克斯说道。

汉斯·彼得在公开场合一般都穿得十分干净,即使面对泛泛之交,身上的气味也很清新。但是当卡丽和他在厨房握手的时候,她闻到他身上散发着一股硫黄的气味,让人联想到正在燃烧的村庄,村舍里躺满了尸体。

汉斯注意到她的手结实又漂亮,脸上露出了淫邪的笑容。"我们说英语还是西班牙语?"

"随你便。"

坏人就像怪兽,知道自己何时被识破。汉斯早已习惯当他展露本性之后对方做出讨厌和恐惧的反应。在有些特别的场合,他们的反应是乞求速死。

卡丽面无表情地看着他,没有眨眼。黑色的瞳孔显露出不易察觉的智慧。

汉斯想从她的眼中看到自己的倒影,但是他失望了,什么也没看到。她真是个美人儿!而且自己还不知道。

略作思考之后他作了一首小诗。我无法在你秋水般的眼中看到自己的倒影,你的心仿佛坚硬的堡垒,但终将被我攻占,这是多么的荣耀!日后有时间,他会用德语配上曲子唱出来,并且用"囚禁"取代"攻占"。曲子还是用《泡菜和甜菜我都不爱》,洗澡的时候唱。如果那时她还活着,恳求他洗个澡的时候,他也许还会当着她的面唱。

但现在还不是时候,要让她相信自己是个好人。表演时间到了。

"你在这儿干了很长时间,"他说道,"菲利克斯告诉我你工作很出色,你非常熟悉这个地方。"

"我断断续续在这儿干了五年。有些简单的修理工作我也能做。"

"泳池的工具房供电正常吗?"

"是的,如果需要的话,你可以打开空调,空调开关在一个单独的盒子里,断路器在花园的围墙上。"

汉斯的手下波比·乔一直在房角盯着卡丽。即使在不把盯着别人视作冒犯的文化里,波比的眼神也是很没有礼貌的。他的眼睛是橘黄色的,像某种海龟。汉斯示意他过来。

波比过来的时候站得离卡丽太近了。

卡丽都能看清他囚犯发型下面的脖子一侧龙飞凤舞地文着"我的老二最大!"两只手的手指上分别文着"爱情"与"仇恨"。掌心上文着"曼纽拉"。他的头很小,帽子的搭扣扣到了最后一截。一段不愉快的往事刺痛了她的心,但很快就过去了。

"波比,重的东西搬到泳池工具房去,现在。"汉斯说道。

波比走过卡丽的身边,指关节在她的屁股上一掠而过。她摸了摸脖子上那串珠链上倒悬在十字架上的圣徒彼得。

"房子里的水电都能正常使用吗?"汉斯问道。

"能。"卡丽说道。

"有二百二十伏电压吗？"

"有，在洗衣房和厨房的炉子后面。车库里的高尔夫球车充电器也有二百二十伏的插座，插座上面有两个接线板挂在钩子上。用红色的那个，不要用黑色的。黑色的接地插脚坏掉了。旁边有两个二十安培的断路器。台球室里有很多插座。"

"你有房子的建筑平面图吗？"

"建筑图和电路图在一楼书房的书柜里。"

"报警器连着总机吗，或者警察局？"

"没有。只和大街上的警笛相连。区域报警器，大门报警器，动作传感器，一共有四个。"

"房子里有吃的吗？"

"没有。你们要在这儿吃饭？"

"是的。有些人在这儿吃。"

"睡在这儿吗？"

"活儿干完之前睡在这儿。有些人吃睡都在这儿。"

"这儿有好多卖午餐的卡车，主要做街上那些建筑工人的生意。很好吃。最好早点去买。他们开过来的时候会按喇叭。我最喜欢康米达家的，当然，萨拉萨家的也不错。你们之前的租客就是买他们两家的午餐。他们的卡车一侧写着'趁热'。我有他们的电话，你要定他们的吗？"

"我要定你的，"汉斯说道，"你可以一天只做一顿吗？不要你端上桌，做成自助那样的就可以了。我会给你很多钱。"

卡丽需要钱。作为一个在迈阿密富人区工作过多年的女管家，她的厨房工作十分干净利落。

"好的。我来做一顿饭。"

卡丽曾经做过建筑工人的生意。十几岁的时候,她半夜就起来做饭,穿着半截牛仔裤在餐车上卖午餐,木匠最喜欢她做的饭,生意也干得蒸蒸日上。在卡丽看来,大部分干体力活儿的男人心肠都不坏,有些甚至还很有礼貌,就是好像整天都吃不饱似的。

但是接触了汉斯那三个人之后,她一点都不喜欢他们。那个坐过牢的波比的文身是在监狱用火柴灰和电动牙刷做出来的。他们搬了一个笨重的电磁钻床和两个手提钻进了泳池工具房,只看到一台摄像机。

卡丽知道,和一群粗鲁的男人待在一个偏僻的地方时,她需要依靠什么经验和法则——适用于丛林的法则也适用于这里——人越多越安全。大部分情况下,如果有不止两个男人,大家都会很文明,除非喝了酒,否则不会对女人动手动脚。但是这几个人不是一般的粗鲁。卡丽带着汉斯去树篱和围墙之间的狭长走廊上安装电表箱的时候,他们一直在盯着她。卡丽甚至能感到他们内心的想法是"轮奸"。除了色眯眯的眼神,卡丽还知道汉斯一直走在她的身后。

在树篱后面,汉斯面对面看着卡丽,他的脸上带着笑容,活像一只白鼬。"菲利克斯说在你之前他换了四个管家,其他人都害怕这个地方。这么多可怕的东西,你为什么不怕?我很想知道原因。"

本能告诉她,不要和他说话,不要回答他的问题。

卡丽耸耸肩。"你要提前支付生活用品的费用。"

"我会事后给你结算。"他说道。

"你要事先支付现金。我是认真的。"

"你是一个认真的人。你的口音像是哥伦比亚人——西班牙语一定很好。你怎么会在美国的呢?你是不是利用了'可信的恐惧'?移民局同意了你的可信恐惧吗①?"

"我觉得暂时先给二百五十美金就足够日用品的费用了。"卡丽说道。

"可信恐惧。"汉斯说道。他打量着卡丽面部精致的轮廓,心想破坏这么美的一张脸该是多么痛苦。"房子里的那些东西,拍恐怖片用的道具,你真的不怕吗?什么原因呢?你知道它们只是爱乱买东西的人拿来炫耀的玩意儿,你是这样认为的,对吗?你知道它们都是假的。你明白真相,你知道什么是真相吗?西班牙语是不是las verdades 和 la realidad?你怎么知道区分真假的呢?你有没有在这里见过真正让你害怕的东西?"

"大众超市的排骨在打折,另外我还要买些保险丝。"卡丽说道,留下汉斯站在结满蛛网的树篱后面。

"大众超市的排骨在打折。"汉斯模仿卡丽的声音说道。他有惊人的模仿天赋。

卡丽把菲利克斯拉到一边,"菲利克斯,我不会留在这儿过夜的。"

"万一发生火灾——"他又开始了。

"要睡你睡。这些人是你带来的。我只负责做饭。"

"卡丽,我和你说——"

"不,是我和你说。如果我留在这儿过夜,他们会干出蠢事。要是那样,我想你不会喜欢我的反应,他们也不会。"

---

① 美国庇护法中规定当事人如果对回到自己的祖国有可信的恐惧理由,在案件处理之前不可驱逐出境。

第五章

"多恩·恩内斯特想要知道巴勃罗旧宅的情况,"马尔科船长说道,"我们什么时候去看看?"

傍晚五点多钟,马尔科和两个男子坐在船坞的一个露天凉棚,晚风吹拂着迈阿密河上一条条货船上悬挂的国旗。他的船紧挨着码头停泊,船上堆满了蟹笼。

"如果克劳迪奥的卡车准时出发,明天早上七点我可以和花匠们一起进去,"贝尼特说道,"按照合同,我们每两个星期去除一次草。"贝尼特已经上了年纪,他有棕褐色的皮肤,两只眼睛炯炯有神。他用略显弯曲的手指把喇叭牌烟草完美地卷成一支香烟,捏了捏烟屁股,用一根粗头火柴将它点燃。

"热苏斯·维拉利尔说那栋房子里有黄金,"马尔科船长说道,"他说是他在1989年亲自用船运过去的。多恩·恩内斯特说房子里的摄影团队是假冒的,他们正在里面开挖。"

"热苏斯是个好人,"贝尼特说道,"我还以为他和巴勃罗一起死了呢。我以为除了我,所有人都死了。"

"你这种大坏蛋,没那么容易死。"安东尼奥说道,他拿起桌上的水瓶给他倒了点水。安东尼奥二十七岁,穿着泳池维修工的T恤。

这三个人的共同副业是为卡塔赫纳①的老板在迈阿密望风。他们身上的不同部位有相同的文身,图案是鱼钩上挂着一个铃铛。

迈阿密河下游的一家饭店飘来一阵音乐。

"什么人在那里挖东西?"安东尼奥问道。

"汉斯·彼得·施耐德那帮人。"马尔科说道。

"我见过他,"贝尼特说道,"你见过吗?第一次见到他,你会失望,他像个病秧子。等你了解他了,才会发现他像个戴着眼镜的侦探。"

"他来自巴拉圭,"马尔科说道,"大家都说这是个坏家伙。"

"恐怕他自己也这么认为,"贝尼特说道,他把烟草放回工装裤的口袋,"我亲眼见过他在波哥大②巴勃罗家里翻找钱财的时候打死了一个无辜的路人。真是个疯子。"

"他在这儿也有生意,"安东尼奥说道,"他出入境很频繁——在迈阿密他有两个妓院,蟑螂汽车旅馆和机场附近的那一家,还卖偷拍的视频。他最大的生意是两个性变态主题酒吧,一个叫低俗肉汤,一个叫群交。卫生部发现他在酒吧的楼上提供英式早餐,于是取消了他的酒类营业执照。移民及海关执法局因为他涉嫌贩卖幼童一直想把他驱逐出境。现在他的生意都不以他的名义进行,就好像不存在这个人似的。但是他要收账,所以频繁出入。"

安东尼奥经常和当地的年轻警员们一起钓鱼,所以知道一些

---

① 哥伦比亚港口城市。
② 哥伦比亚首都。

事情。

他举起杯子喝了最后一口。"明早八点以后我要到泳池工作。池子里有个地方漏水,我会尽可能拖着不修好。"

"那个房子的代理人还是菲利克斯吗?"马尔科船长问道。

贝尼特点点头。"菲利克斯是个狗腿子。他戴的帽子价值五百五十美元,这意味着什么?好消息是他平时也不怎么注意。另外,房子的年轻女管家长得很漂亮,非常非常漂亮。"

"你再说一遍。"安东尼奥说道。

"她不应该和汉斯那帮人待在一起。"

"我在电话里和她通过话,她说不在那里过夜。"

"汉斯见到她了,这就不是件好事情。"贝尼特说道。

"明天去,"马尔科船长说道,"我带着人大概九点钟把船开到那里,假装放置蟹笼,故意让它们纠缠在一起,然后停在那儿解开。如果发现问题,你摘下帽子挥舞,我们就会过来。如果帽子意外弄丢了,就举起双手示意。你听到马达声变低,就要知道是我们来了。不要和他们发生冲突,多恩·恩内斯特只想知道他们在里面干什么。"

雷雨云正在大沼泽地西面的天空聚集,雨云内部闪电不断。东方的天空下面,迈阿密城在地平线上闪亮刺眼,就像一座冰山。

捕蟹船停靠的码头边,一头海牛浮出水面换气,它心满意足地听了会儿身旁的小海牛轻轻的呼吸声,然后沉入水中不见了。

第六章

一大早,贝尼特带着几个花匠来到比斯坎湾的豪宅。十点左右,他正在防波堤边除草的时候,听到一艘游船驶来的声音。贝尼特瞟了一眼二楼的阳台。穿着黑色肌肉衫的打手翁贝托也听到了游船的声音。他正拖着一台脏兮兮的摄像机上阳台。

贝尼特注意到翁贝托的那支AR-15自动步枪的消音器高出了栏杆两英寸,他不禁摇了摇头。这些粗心的年轻人啊。不,那是老年人的思维。问题并不出在他是个年轻人身上,而是因为他是个蠢货,而且永远也不能变得聪明。

菲利克斯正躺在室内的椅子上吹着空调,他大声对着翁贝托喊道:"带上反光片。"菲利克斯戴着那顶价值五百五十美元的巴拿马草帽,帽子的实际产地是厄瓜多尔。

阴暗的天空下,比斯坎湾呈现一片灰绿色,不远的彼岸,迈阿密市区的建筑清晰可见,离这里只有四英里。

游船距这里三栋房子开外,正沿着岸边的富豪区缓缓而行。这是一艘巨大的平底船,船顶有观光平台,扬声器里播放着流行歌曲。

导游一直在大声引导着游客,他的声音在岸上的豪宅里都能听到。许多房子为了遮阳都放下了百叶窗。

"在我们的左手边,是音乐大亨格林尼·帕尔蒂的豪宅。看仔细了,一整面墙上的反光都是装饰在上面的金唱片反射出来的。"

游船快要和贝尼特平行了。他可以清楚地看到栏杆边的游客那一张张疲惫的脸庞。

导游把音乐换成了电影《疤面煞星》里的配乐,接着介绍起来:

"继续往左看,很郁闷地告诉大家,那些破旧的绿色遮阳棚,褪色的风向袋,杂草丛生的停机坪——它们曾经的主人是大毒枭、杀人犯、亿万富翁巴勃罗·埃斯科巴,他在哥伦比亚被警方击毙在房顶上。

"那儿现在没人住。在没有卖掉之前,一直是被租出去拍电影用的。嘿!我们运气真好,好像今天就在拍电影!有你们认识的明星吗?"

导游向贝尼特挥了挥手。贝尼特举起一只手回应,面无表情。游客们发现他不是明星,很少有人朝他挥手。

不远处平坦的水面上,马尔科船长的捕蟹船正在放置蟹笼,柴油发动机的声音不时掩盖了导游的大声介绍。

阳台上,翁贝托旋开摄影机的翼型螺帽,然后又将之旋上。

"把镜头盖取下来,"菲利克斯在室内说道,"要做得像那么回事。"菲利克斯戴着价值两百美元的墨镜。

"如果喜欢的话,你们可以把这栋房子买下来。"游船驶过的时候导游说道,"只要两千七百万美元。现在往前看,第四个房子就是著名情色文学大师莱斯利·穆伦斯的宛如宫殿的豪宅了。有没有人想起来他写的《八十天环游世界》？讽刺的是,他的隔壁邻居是电视布道家、信仰治疗师埃尔顿·福利特,在这个国家,他有几百万的信徒。他在棕榈大教堂拍摄的电视布道专栏节目有很多忠实的粉丝。"游船向前驶去,导游的声音渐行渐远。

地下室正在工作的手提钻让整栋房子都在震动。阳台上烟尘四起,受到惊吓的蜥蜴到处乱串,寻找新的藏身之所。

贝尼特希望卡丽·莫拉能走到室外来。看到她的模样,听听她的声音,一定会让人心情愉悦。

游泳池的气泡表明穿着潜水服的安东尼奥还在池底寻找漏水处。这让贝尼特认为卡丽·莫拉也许会走到外面来。过了几分钟,卡丽果然穿着宽松的白色外套走了出来。

她手上拿着两杯薄荷茶,而且——没错!——其中一杯是给他的。他闻到了卡丽的体香,也闻到了杯子里的薄荷味。他脱帽打了个招呼。他也闻到了帽子上的味道,迅速戴回头上。

"你好,贝尼特先生。你今天看上去很精神。你总是很精神。"贝尼特觉得卡丽的表妹在尼基沙滩俱乐部赢得了夏威夷小姐的桂冠是不足为奇的。要不是她手臂上的伤疤,参加这个比赛并赢得桂冠对她而言犹如探囊取物。不过说实话,那只是几条弯弯曲曲的细长形的纹路,与其说是破相,不如说充满异域风情,就像岩壁上画着的几条蛇。过去的经历总是会让人更有魅力。

卡丽朝他微笑。贝尼特觉得她认为自己是个好人。他感到呼吸加速,就像喝了烈性的朗姆酒,就像闻了两口浓烈的酸柴油①,就像

---

① 一种大麻类的毒品。

四十年前他的妻子卢佩给他的感觉一样。

贝尼特看着她问道:"卡丽?"

"怎么了,先生?"

"和这些人待在一起,你要当心。"

卡丽直视着他,"我知道,谢谢你,贝尼特先生。"

卡丽走到泳池边停了下来,她看了会儿水泡的轨迹。卡丽脱下鞋子,光着脚踩了踩水下的安东尼奥。他一下子从水里钻了出来,速度之快让她稍感意外。安东尼奥穿着湿漉漉的泳池工作T恤,左耳戴着一个黑色的哥特式十字架耳环。

卡丽把薄荷茶放在泳池边的瓷砖上。

安东尼奥摘下氧气面罩,咧着嘴向她微笑。

"谢谢,十分感谢。我呀,真想和你说两句。知道什么原因吗?我有两张胡安尼斯在硬石中心演唱会的门票!靠前的座位。是不能再靠前的座位了,不然他会走下来看看是谁坐得这么近。请你吃晚饭,看演出,怎么样?"

安东尼奥还没说完,卡丽就开始摇头。

"不,安东尼奥,很多女孩愿意和你一起去。但是我不想。"

"为什么?"

"因为你有老婆。这就是为什么。"

"宝贝儿,不是那么回事。我只是为了绿卡。我和她甚至都没——"

"老婆就是老婆,安东尼奥。谢谢你,但是我不会去的。"在安东尼奥热切的目光下,卡丽走回了屋子。

"谢谢你的茶,卡丽小姐。"

"注意你的称呼,安东尼奥,"贝尼特在不远处喊道,"你应该称她为美丽的公主。"

"对不起!美丽的公主,谢谢你的茶。"安东尼奥大声喊道。

她笑了笑,但是没回头。

贝尼特拿起杯子喝了一大口,然后把杯子放在防波堤上。真提神啊。茶的味道不错。

泳池的中央矗立着一座希腊胜利女神像的石膏复制品,雕像没有头,张开着一对翅膀。房子的前主人认定这是他从卢浮宫买来的真品。

贝尼特看了看雕像,心中不禁想道,失去了头颅,她就失去了飞翔的梦想。如果梦想不在空空的脖桩上方,那么就藏在她的心中。我们的梦想都藏在心中。也许这是老年人的思维,不应该这么去想。如果卡丽见到那一切之后,不知道她的心中还会不会有梦想。我见过那些事情,我希望她的承受能力胜过我。

下午三点左右,一辆优步车载着卡丽停在路边,她买了很多日用品。司机帮她卸下整整一后备箱的东西,放在路边的草坪上。贝尼特马上放下锄头,过去帮忙拿起四个看上去最重的袋子。

"谢谢你,贝尼特先生。"卡丽说道。他们俩一起从侧门进了屋,先走进养了只葵花鹦鹉的日光浴房。为了引起注意,鹦鹉在栖木上上蹿下跳,用嘴巴衔起笼子下面垫着的报纸,把吃剩的谷壳儿撒了一地。

贝尼特和卡丽拿着日用品走进厨房。厨房里很吵,吵闹声来自地下的电动工具。一条红色的插座延长线从洗衣房弯弯扭扭地穿门而过,一路伸向地下室的台阶。另一条线插在厨房的炉子后面。贝尼特想去地下室打探情况。厨房的墙边摆放着几个乙炔罐,看起来是临时放置的。他把四个袋子放在桌子上想走下去看看,这时翁贝托从地下室走了上来。

"你他妈的在这儿干什么?"他说道。

"我把卡丽买的东西搬进来。"

"给我滚出去。房子里面不许进来。"翁贝托又对卡丽说道,"我告诉过你,任何人都不许进房子。"

"我只是帮忙拿了些日用品,"贝尼特说道,"还有,不要在女士面前说脏话。如果你想搬,下次你就自己搬。"

这么做太不明智了。有时候老年人只顾着一时痛快,完全不顾说话做事的方式。贝尼特把手伸进工作服的口袋。

翁贝托吃不准他的口袋里藏着什么。而事实上,他的胸口下方藏着一把柯尔特.45手枪改制的.460罗兰手枪,这是他宠爱的侄子送给他的礼物,他的侄子喜欢用这把枪在农场打西瓜。这把枪枪口朝上,上了保险,一直带在贝尼特身上。

翁贝托觉得贝尼特的表情怪怪的。

"任何人都不许进来,"翁贝托说道,"如果是她让你进来的,老板有可能会炒她的鱿鱼。要不要我去告诉老板?"

卡丽看着贝尼特,"谢谢你,贝尼特先生,"她说道,"没事的。请相信我。我能处理。"

"给你添麻烦了。"贝尼特瞪了翁贝托一眼,转身离开了厨房。

快到黄昏的时候,贝尼特拿着锄头在防波堤边除草,一大群马鲹鱼在防波堤边的海水里捕食胭脂鱼,翻起的水浪声像火车的轰鸣。贝尼特闻出了味道,于是依着齐腰的防波堤看着凶悍的马鲹鱼在水面翻腾,它们分叉的鱼尾闪着光,胭脂鱼的碎片在空中飞舞。马鲹鱼所到之处,水面上留下一股难闻的尿臊味。它们和我们一样,贝尼特暗想,像我们一样杀戮和捕食。

隔着鞋底,他都能感觉到地下室里有冲击钻在工作。

过了会儿,震动沿着防波堤传到了他的锄头下方,防波堤墙上的灰尘纷纷掉落。靠着防波堤的草坪上出现了一个以前没见过的洞,他低头朝里面看去。洞口和他的帽子差不多大。洞口下面几英尺,他看到黑色的水面发出微光,在防波堤的下方涌动。他后退一步,站在天井边的混凝土小路上。站在那里,他还能听到洞里面的水流随着潮水的起伏发出咕咕声,散发着难闻的腐肉气味。

贝尼特抬头看向阳台,菲利克斯背对着花园,正在那里教训翁贝托。贝尼特从口袋里掏出手机打开了闪光灯。他走到洞口边跪了下来。对一个老年人而言,他的身手还算敏捷。贝尼特把手机伸进洞口,拍了两张照片,拍的时候他扭过头想避开那股气味。

菲利克斯还在阳台上滔滔不绝。

贝尼特朝站在泳池里的安东尼奥吹了声口哨。安东尼奥迅速放下手中的杯子从池子里走了出来。他和贝尼特走到泳池边的工具房后面,那里堆放着许多地板和瓦片。

"我们抬一块地板去把洞口盖上,然后你继续去干你的活儿。"贝尼特说道。

"你不打电话给马尔科吗?"安东尼奥问道。他向海湾的捕蟹船眺望。船上的人打开了一桶蟹饵,一群海鸥和一只鹈鹕跟在捕蟹船的后面。

贝尼特和安东尼奥抬着地板盖在了洞口上面。

"走的时候不要离开天井,不要离开草坪,注意可能有新的洞口,"贝尼特说道,"现在,你可以回泳池了。"

贝尼特搬了一盆盆景放在地板上面。正在用土掩盖地板四周的时候,他听到了身后菲利克斯的声音。

"你到底在这儿干什么?"菲利克斯说道。

"发现了一个污水坑,我们搞了些泥土来填——"

"让我看看。把地板搬开。"

洞口的边缘布满树根。

"该死。"菲利克斯说道。他掏出手机,"到泳池工具房拿个垫子来。快点。"

菲利克斯跪在垫子上,亚麻布的裤子不会被弄脏。他打开手机的闪光灯,伸进洞口拍了张照片。

"把地板盖上去。再把盆景放上去。"

"就像刚才那样?"

菲利克斯把手机放回裤袋,又从里面掏出一个高级玩意儿——一把前开式的价值四百美元的弹簧刀。他把刀身弹出,清理了一下指甲,然后举起刀,看了会儿贝尼特,把刀身又弹了回去。他伸出另一只手,手上拿着一张折叠的百元钞票。"不许和任何人说。明不明白,老家伙。"

贝尼特盯着他的脸。稍作思考后,他拿过钱捏在手上。"那是当然,先生。"

"到前院的花园去干你的活儿吧。"

菲利克斯过来找他的时候,安东尼奥正在泳池边从包里取出示踪染料。"收拾好你的东西,今天的活儿结束了。"

"我还没有找到漏点。"

"收拾好你的东西走人。需要你的时候我会打电话。"

等到菲利克斯转身离开,安东尼奥才脱下了脚蹼。他的文身在脚底板上——鱼钩上挂着一个铃铛——文身的旁边还文着他的血型。他迅速穿好了鞋子。

房子里面,卡丽把白色的葵花鹦鹉从笼子里放了出来。门铃响起来的时候,它正站在卡丽的手腕上盯着她的耳环。卡丽走过盖着布的家具和留声机来到侧门,鹦鹉还在她的手腕上。是安东尼奥。他向屋内迅速地瞄了一眼。

"听我说,卡丽。你得离开这儿。现在先进屋去,但什么都不要去看。装聋作哑,直到他们让你走。你在听我说话吗?如果今天他们不让你走,就说你的鹦鹉怕灰尘,你要把它送回家。然后说你得了感冒不能再来上班了。"

"摸一下,美女。"鹦鹉说道。

菲利克斯匆匆从房里走了出来。"我说过不许进来,给我滚出去。"

安东尼奥挡在他的面前。"你亲吻母亲的时候也是用的这张臭嘴吗?"

安东尼奥昂着头走了。"滚!"菲利克斯挥舞着手上的手机骂道。

安东尼奥的卡车停在花匠的小货车旁边。三个花匠正踩着棕榈树的落叶走了过来,还有一个人推着除草机走在后面。安东尼奥把最后一件工具放进卡车后面的时候,他看见卡丽站在房子的前门处,那只鹦鹉还在手腕上。她微笑着和他告别。

室内,菲利克斯在手机上输入了电话号码。

第七章

汉斯·彼得坐着波比·乔开的卡车来到了豪宅前,发现门口停着一辆花匠的小货车。他俩驶过草坪和花坛来到前门。

波比的卡车有牵引装置,驾驶员一侧装有镀铬塑料的翻车保护杆,拖车栓钩上挂着两个特拉克纳茨牌的橡胶睾丸,车贴上写着"如果我知道是这样,当初就会自己摘棉花。①"

菲利克斯在等着他们。他摘下了帽子。

"老板。"菲利克斯问候道。

"谁发现的?"汉斯已经向花园走去。天气炎热,他穿得很少,一双黑色高级凉鞋是为了搭配他的高级手表的表带。

"一个除草的老家伙。"他指向贝尼特,后者正在和其他花匠一道往货车上装工具。"他什么也不知道。我还给了他一点儿好处。"

汉斯看了贝尼特一分钟。"带我去洞口。"

来到防波堤边的洞口处,菲利克斯和波比搬开了地板。汉斯往

---

① 歧视黑人的口号。

后退了一步,挥手扇开刺鼻的气味。

菲利克斯把他用手机拍摄的照片给汉斯看。照片已经被他传到了苹果平板电脑上。

海水从防波堤的下方涌进了洞穴,洞穴上方的天井铺设了混凝土地面,天井很大,一直延伸到房子前。洞口处的树根四处蔓延,就像吊着的枝形吊灯。爬满了藤壶的地桩支撑着上方的地面。这个时间的潮水水面和地面有四英尺的落差。洞穴里隐约可见半条锈迹斑斑的沉船,这艘装运砾石的铁皮平底船已经被淤泥覆盖,成了迈阿密沙滩的一部分。

平底船的船底上翘着插入地面。照片上,闪光灯未能完全照亮黑乎乎的洞穴。在洞穴尽头,有一个闪着光、比冰箱大的铁箱子,顶端几乎和屋基齐平。菲利克斯捏着指头把照片放大。在铁箱子的旁边有一个人类的骷髅头和一条狗的后半个脑袋。

"我们在地下室挖,海水在帮我们挖。"汉斯说道,"上帝保佑!可能有一吨黄金。还有谁知道?"

"没有人,先生。其他的花匠都在前院干活儿。老家伙是个白痴。"

"也许你才是个白痴。我以前见过他,把他带过来。让其他的花匠回家。告诉他我们需要他的帮助,我们会送他回家。"

海湾上的捕蟹船在收回蟹笼,重新放好蟹饵后,甲板上的两个人每隔二十码往水里扔一个。

驾驶室里马尔科船长手持望远镜注视着埃斯科巴的豪宅。他看见汉斯和几个人走进了花园,然后看见菲利克斯和波比把贝尼特带了过去。

"罗德里戈,别管蟹笼了。"马尔科船长说道。他努了努嘴,"我们的人有麻烦了。做好准备,如果贝尼特要逃跑,我们马上去接应。"

天井里,贝尼特站在汉斯的面前。

"我认识你。"汉斯说道。

"老人看起来都差不多,先生。我不记得在哪儿见过你。"

"把衬衫脱了。"

贝尼特没听他的话。波比,翁贝托,菲利克斯走上前把他的手别在身后,用两根束线带捆扎住了他的手腕。

"把他的衬衫脱了。"汉斯命令道。

菲利克斯和翁贝托从工作服的背带后面把他的衬衫扯了下来。波比拍了拍他的口袋,但是没有拍他的胸部。他用手指头戳了戳贝尼特胸口一个模糊的文身——鱼钩上挂着一个铃铛。

汉斯点点头。"十个铃铛盗窃团伙。"

"年轻时不懂事乱文的。是什么东西已经看不清楚了。"

"菲利克斯,他是多恩·恩内斯特的人。"汉斯说道,"他是你雇的,菲利克斯。你和波比送他回老家吧。"

马尔科船长看到贝尼特的衬衫被扯下,波比的手上还拿着枪。他掏出了电话。

豪宅半英里开外的安东尼奥接过电话。他正坐在卡车里。

"安东尼奥,汉斯的手下抓了贝尼特,我们得救他。我现在去码头,掩护他跳海逃生。"

"我去救他。"安东尼奥说道。

安东尼奥用力拍了下他的旧卡车。车停的地方离公交车站不远,几个疲惫的花匠和女佣在等车回家。安东尼奥下了车。有几个人喊着他的名字和他打招呼。

"免费送客!"安东尼奥冲着他们喊道,"欢呼吧!每个人都可以免费搭乘!直接送到家门口!不要钱!无须转车!跟我走!大家一起去云波自助餐厅!所有人都去!打包!免费送客!一路吃回家!所有人!"

"安东尼奥,你没喝醉吧?"

"没有,没有。我一口酒都没喝。不信你来闻闻。来吧。"

大家纷纷上了车。两个人和他一起坐在驾驶室,三个人坐在后车厢。

"还要接个人。"安东尼奥说道。

卡丽·莫拉在楼上,手上拿着一捆六连包的卫生纸和几个灯泡。楼上的卧室乱得像猪圈,浴室的地板上散落着几条毛巾和一个弹匣。一张床上摆放了几本低俗的漫画书和一把拆卸的AK-47步枪。润滑油瓶子放在两个满载的弹匣旁,渗漏的油渍把床单弄得脏兮兮的。她用两根手指夹起润滑油瓶子,把它放在梳妆台上。

电话响了。安东尼奥打来的。

"卡丽,保护好自己,时刻准备逃走。他们拿枪对着贝尼特。我正在赶去救他。马尔科在去码头的路上。"

卡丽从卧室窗户俯瞰,只见波比拿着一把手枪,枪口对着贝尼特。

咔嗒两声,卡丽装好了AK-47的枪管。

她用大拇指推上撞针,装上枪栓和枪栓套,然后装上复进簧和防尘罩。检查无误之后,她安上弹匣,把一发子弹推进枪膛。

这一切用了四十五秒。她走到窗户边。AK-47的瞄准器对准了波比的后脑勺。房子的前门是开着的。

安东尼奥把车开进门的时候给马尔科船长打了电话,他把手机设成免提模式后放进胸前的口袋。

安东尼奥看到翁贝托把三个混凝土块和一捆打包钢丝放进了菲利克斯的卡车后面。贝尼特和波比与菲利克斯一道站在卡车旁。贝尼特的手别在身后,可能被绑起来了。安东尼奥把车开了过去。他从车上下来向贝尼特走去。

看到安东尼奥的卡车上坐满了人,波比把手枪藏在身后。

"你好,贝尼特。你好啊。我来接你回家,"安东尼奥说道,"很抱歉,我差点给忘了。"

"我们送他回家。"菲利克斯说道。

车上的人都在看。

"不,先生,"安东尼奥大声说道,"我答应了卢佩送他回家吃晚饭,还要保证他没有喝过酒。"

车上的人笑成一团。有两人露出不解的神色,因为卢佩已经去世好多年了。

"如果不能把他送回家,卢佩会杀了我的。"安东尼奥转身对着车上的人说道,"你们说卢佩会不会杀了我?"

"会,"车上的人纷纷说道,"肯定会,毫无疑问。卢佩会杀了你,凡是让贝尼特喝酒的人她都不会放过。"

波比走上前来,对着安东尼奥小声说道:"从这里滚出去。"

"当着这么多人的面你还敢把我怎么着?你这个臭嘴巴。"安东尼奥轻声说道。

汉斯走到前面的台阶上,波比和菲利克斯都抬头看着他。汉斯轻轻摇了摇头。菲利克斯走到贝尼特身后割开了绑带。汉斯从台阶上走了下来,给了贝尼特一大沓钞票。

"两个星期后再来帮忙,明白吗?我会再给你这么多钱。没有理由拒绝和你合作。"

贝尼特去卡车后面找座位,车上的人纷纷避身让路。

安东尼奥对着口袋里的手机问马尔科:"卡丽在哪儿?"

"我已经接到她了。她从后门跑出来的,我在码头接的她。快走吧。"马尔科说道。

安东尼奥把车倒出了前门。汉斯伸出手,掌心朝着波比和菲利克斯。

"放他们走。"汉斯说道。

卡丽拿着枪跑下螺旋形楼梯的时候,一路上没有遇到任何人。她把鹦鹉从鸟笼里取出来放在肩膀上,"抓紧了,还有,不要咬我的耳环。"卡丽跑过后院来到码头,捕蟹船早已在那儿等着她。卡丽用力推了一把船头,捕蟹船摇摇晃晃离开了码头。

卡丽把枪递给船头的马尔科船长,然后立刻跳了上去,鹦鹉不断扑打着翅膀。捕蟹船加大马力向后倒去,马尔科回头看了看,没有人跟来。

安东尼奥把坐得满满当当的卡车驶出了豪宅,身后的大门随即关上了。

"你的衬衫破了,"坐在备用轮胎上的人对贝尼特说道,"你这个样子,云波自助餐厅是不会让你进去的。"

第八章

马尔科船长与贝尼特和安东尼奥坐在露天凉棚下面。码头上方,一道探照灯的强光正在向下扫射。下了五分钟的雨,可以闻到地面打湿的味道。雨水从屋顶上流下来,形成一道道水柱落在满是灰尘的地面上。

"你的意思是菲利克斯不止为一个人卖命?"马尔科船长问道。

贝尼特耸耸肩。"有可能。他本可以给我钱让我闭嘴就行了,但是又向我亮了刀子。那把刀插进他的屁股洞可能正好,不,还有空间,还能塞得下他的太阳镜。"

"既然说到洞了,天井下面的那个洞直通巴勃罗的旧宅下面吗?"马尔科船长问道。

"我不知道,那是海水冲击出来的,联邦调查局都没有本事弄出那样的一个洞来。你也听到了海水的声音。洞穴从防波堤下面直通海湾。"

头顶上方,几只飞蛾围着光秃秃的灯泡飞舞,有一只飞到了安东尼奥的头上,安东尼奥觉得头皮发痒,用手把它掸走了。

马尔科给自己倒了一杯朗姆酒,挤了几滴柠檬汁在杯子里。

"他们在那里多久了?"

"大门上贴着三十天的拍摄许可证明,"安东尼奥说道,"是发给斯穆特影视公司的亚历山大·斯穆特的。"

贝尼特拿起一个柠檬摩擦着杯口。这是一杯18年的富佳娜朗姆酒,酒的味道让他闭上了眼睛,想起了过去的幸福时光。多年以前,他和卢佩在一起喝过这个酒,而现在,他仿佛觉得卢佩就在身旁。

看到卡丽·莫拉从码头办公室走了出来,贝尼特给她倒了一杯富佳娜朗姆酒,安东尼奥搬了把藤椅放到桌边。卡丽的肩上站着她的鹦鹉,它一下子跳到了藤椅的椅背上。卡丽从碗里拿了一颗葡萄给它吃。

"摸一下,美女。"鹦鹉说道。在它见多识广的一生中,目睹过不少犯罪现场。

"闭嘴。"卡丽说道,又给了它一颗葡萄。"卡丽,你必须离开那个地方,"贝尼特说道,"汉斯会把你卖了,你知道吗?他肯定认为你和我们是一伙的。"

"我知道。"

"他知不知道你住在什么地方?"

"不知道,菲利克斯也不知道。"

"你有地方住吗?"

"我有一个空房间。"安东尼奥马上说道。

"别担心,我有地方住。"卡丽说道。

马尔科船长指着桌子上的建筑平面图问道:"卡丽,你知道他们在这里干什么吗?"

"他们在墙上钻了几个孔,把地下室挖得乱七八糟,好像在找什么东西。"卡丽说道,"不难想象他们在找什么。很明显,你们也在找。"

"你知道我们是什么人吗?"

"可能吧。但对我而言,你们是我的朋友贝尼特先生、安东尼奥先生、马尔科船长。我就只想知道这么多。"

"你可以加入我们,也可以退出。"马尔科船长说道。

"我退出,但是我希望你们赢。"卡丽说道,"也许我可以把我知道的那一点点东西告诉你们,也许我希望你们不要告诉我任何我不想知道的秘密。"

"你都看到过什么?"

"汉斯在电话里和一个叫作热苏斯的人大吵了一架。他还换了电话卡给哥伦比亚打过电话。也吵了一架。他不停地问,'在什么地方?'他们用金属探测仪从阁楼上开始把那里检查了一遍。地基里有很多钢筋,他们不停地在那儿钻孔。除此之外,他们还有一个很大的电磁钻床,有八十磅重,还有两个空气锤。"

"他们把房子拆坏了,你就一句话也不说吗?"

"菲利克斯说不必担心。他是中介人,保护房子是他的责任。我让他把这些事情记下来,他说没必要。汉斯还给我看过他的钱。在我看来,那是很多很多的钱了。"

"他付给你工钱了吗?"

"这倒没有。他只是把钱在我面前晃了晃,给了我买日用品的钱。我有一条菲利克斯刚发给我的短信。他说:老板不需要你继续干下去了,但是你可以来拿你的工钱。或者你给个地址,我们送到你家去,要么就在我方便的时候,约个地方见面给你。是的,我很需要钱。"

"有人见到你离开那里吗?"

"我觉得没有,但不是百分之一百肯定。我觉得当时所有人都在房子前面。"

"他们丢了一把枪,"马尔科说道,"也许他们还会再次见到它。"

"失陪了。"卡丽说道。

安东尼奥迅速站起身。"稍等片刻,卡丽,我会为你找一个安全的地方,不管你是否愿意住。"

"码头那边有把很舒服的休息椅。"

安东尼奥把她的饮料递给她后坐回桌边。

"汉斯现在必须要当心了,"马尔科船长说道,"联邦调查局要是知道他在迈阿密沙滩挖洞,把他抓起来,一切都清楚了。"

马尔科把卷起来的图纸展开,用酒瓶和椰子压住四角。

"很多年前,巴勃罗想造天井的时候,为了拿到建筑许可证,让他的律师把建筑图纸在官方备了案,"马尔科说道,"你们看,天井下面有钢筋混凝土的支撑柱。这也是为什么海水侵蚀了地下层天井却没有塌掉的原因。你见过菲利克斯拍的照片吗?"

"隔着他的肩膀看到的,"贝尼特说道,"他把照片放在胸口,没看清楚。我有一张。但我是翻盖手机,照片不清楚。"

"你看到的箱子有多大?"

贝尼特指着建筑图说道:"我想大概在这个位置。我的照片上只能模糊地看到箱子旁有个头骨。箱子比一般的冰箱要大,和卡萨布兰卡鱼市上的大制冰机差不多。"

"洞穴很大,防波堤下面的洞口也许也很大。"安东尼奥说道。

"大到能把一个制冰机那么大的箱子弄出来?"马尔科船长说道。

"纳乔·内佩利的平底船可以做到,他的船上有个大绞车,"安东尼奥说道,"他的绞车和起重机可以搬动很大的石块。只要能请到他帮忙就行。"

"我们先去看防波堤下面的洞口。涨潮的时候水有多大?"马尔科问道。

"八英尺深,"安东尼奥说道,"我可以从海边潜水下去看。"

"你想从捕蟹船上下去?"

"不,我在街上修理游泳池的时候找个地方下去,沿着防波堤潜过去。"

"明天退潮的时间是日落前半小时,"马尔科说道,"天气预报说明天是晴天。当心不要被他们发现,另外,很有可能水面有很多海草。你不要进洞,安东尼奥,只要躲在海草下面往里面看看情况。明白吗?"

安东尼奥点点头,然后站起来走了。

贝尼特举起手中的酒杯,"安东尼奥,谢谢你今天送我回来。"

"不客气。"安东尼奥说道。

"话说回来,今天在云波自助餐厅,卡车上的人狠狠地宰了我一笔啊,"贝尼特说道,"吃饱了肚子以后,他们还非常无耻地点了三份汽水说是为了帮助消化。安东尼奥,现在听我说,你要当心了,波比·乔会来找你的。"

"找到我只能算是他运气不好。"安东尼奥说道。

马尔科船长回了他在码头附近的单身公寓。

贝尼特发动他的旧卡车,哐当哐当地开回了家。垃圾焚烧炉的火焰没有熄灭,为了看见火光,他们没有把炉门关上。

贝尼特想起往事。在房子后面,有一个小花园,开心的卢佩在那里等着他回家。萤火虫在月光下闪闪发光,在白色的花朵间飞舞,他感到自己和卢佩心意相通,觉得好温馨。贝尼特给自己倒了一杯富佳娜,也给她倒了一杯。他把两杯酒都喝了。他俩坐在花园里,觉得能和对方在一起就已经足够了。

卡丽和安东尼奥坐在码头边的旧卡车里,两人抬头望着夜空。远方的水面传来有节奏的重低音。

"你想要什么?"安东尼奥说道,"你希望得到什么?"

"我想要一个属于自己的地方,"卡丽说道,她咬了口柠檬又把它放回杯子,"我希望有一个到处干干净净的家。可以光着脚走来走去,地板很舒服。"

"一个人吗?"

卡丽耸耸肩,点了点头。"如果我的表妹也有一个这样的地方,她的妈妈会来照应。我想要自己的房子,自己一个人照应。听着雨点敲打屋顶的声音,你不必担心雨水落在床头,它们顺着排水管流进了花园。"

"巴勃罗豪宅里那样的花园?"

"当然不是。我想要能种点庄稼的花园,自己摘果实做饭。用香蕉叶裹着鲷鱼蒸着吃。在厨房做饭的时候可以大声地放着音乐,也许做饭的时候还能一边喝酒,一边在炉子前跳舞。"

"男人呢?你不想要个男人吗?"

"我想要自己的房子,然后我也许会邀请别人来玩。"

"如果我站在你的房子前敲门。我是说,单身的安东尼奥来敲门。"

"你怎么会是单身?单身的安东尼奥?"朗姆酒的味道好极了。

"我还暂时不会是单身的安东尼奥,现在还不会。如果那样的话,有人就必须要离开这个国家,我不会那么做的。我在海军陆战队服过役,我有公民身份。但是离了婚,她就没有了。她还要再等等。她是我的朋友,所以我会陪她一起等。她的哥哥是我的战友。已经死了。"安东尼奥拍了拍手臂上的地球加船锚[①]的文身。"永远忠诚。"

"这个文身还不错。比其他的文身好多了。"

"十个铃铛?那时我还小,上的学校很差,学到了很多坏习惯。我不想对你过多的解释。"

"好吧。"

"我想说的是,如果我的工作稳定下来,能配得上你了,你会为我打开房门吗?"

水面上停泊的船只播放着音乐,电视机的光亮隐约可见。罗德里戈·阿马兰特为连续剧《缉毒特警》谱写的风格怪异但非常好听的主题曲从水面传了过来。这首歌与其说是歌曲,不如说是康茄舞的舞曲。

安东尼奥觉得自己唱歌还不错,他凝视着卡丽唱了起来。

---

① 美国海军陆战队徽章。

我是火,燃烧你的肌肤,
　　我是水,熄灭你的饥渴……
我是城堡,
我的利剑守护着涓涓的泉水。

一艘轮船的汽笛声掩盖了他的歌声。

你是空气,我每日呼吸。
你是海面上的月光。

月亮下面,几块云朵缓缓飘过,在水面上留下灰白色的倒影,一瞬间,河水仿佛浅得可以徒涉。

焚烧炉里火星四溅。

卡丽站起身亲吻安东尼奥的头顶。他抬起头,但是已经来不及了。

"我要回家了,单身的安东尼奥。"卡丽说道。

第九章

卡丽在迈阿密只有三个亲人：姨妈佳思敏，表妹胡列塔与表妹刚出生的女儿。

卡丽不住在雇主家的时候，她就住在位于克劳德·佩普路上安置房区的表妹家里。胡列塔的丈夫被移民及海关执法局拘捕了，当时他响应政府的号召主动前往登记身份信息，却因为使用过空头支票被扣留在克罗姆拘留中心，即将被驱逐出境。

和许多徒步抵达迈阿密的外国人一样，卡丽很少把自己的事情告诉他人。只有马尔科和安东尼奥知道她的表妹胡列塔的住址。

深夜时分，卡丽用钥匙打开后门，表妹一家都已经熟睡，她先去看了看姨妈。佳思敏姨妈身材瘦小，棕色的皮肤，已经卧床多日。就在她注视着她熟睡的脸庞的时候，佳思敏忽然睁开了眼睛看着她，放大的瞳孔深不见底，仿佛深渊一样能将她吞没。姨妈的五官和母亲很相似，有时她看着天上的云朵也会联想到母亲的脸庞。卡丽感到姨妈好像有话要说，而且是只有长辈才知道的很重要的话。卡丽也知道这里没有旁人。

卡丽的手上有枪械留下的气味。她用柠檬汁和肥皂洗过手才坐到熟睡的孩子身边，静静地听着她的呼吸。卡丽已经很久没有闻过枪械润滑油和战场上的黄铜味了，那味道就像舌头下面压着一枚铜币……

卡丽十一岁的时候在战火纷飞的村庄被哥伦比亚革命武装力量①强招入伍。

哥伦比亚革命武装力量把她训练成了一个士兵，还以她为对象拍摄了一张娃娃兵的照片刊登在《新哥伦比亚报》上。她的上臂被注入了皮下避孕药，革命力量对她的使用算是"物尽其用"，因为她敏捷灵巧又身强体壮。在卡奎塔州密林深处的营地里，卡丽在一众娃娃兵里算得上是孩子里的孩子。

为了欺骗这些孩子，游击队先把军营弄得像度假营，军官们说，如果不喜欢当兵，两个星期后就可以回家。当然，没有人能够回家。

没有训练的时候孩子们就在一起玩耍。大多数人来自破碎的家庭，在这里有人照顾他们，所以他们心里都很感激。空袭结束之后，营地在晚上还有舞会。性行为是允许的，但是结婚和怀孕被严格禁止。如果怀了孕，就要接受强制性的堕胎。军官们说每个人都已经和革命结了婚。

许多小孩子都是第一次听到音乐和见到彩灯，因为他们来自非常偏僻的村庄。

一个月后，在密林里举行舞会的某个晚上，有两个小游击队员

---

① 成立于1964年的哥伦比亚游击队。

逃跑了。他们都是十三岁,而且是第二次逃跑。在蹚过卡奎塔河浅滩的时候,他们被巡逻队抓住了。巡逻队用手电筒照着他们,然后派人去给营地送信。所有人都被要求到河边集合。

指挥官先做了一通演讲,他又小又圆的镜片上不时反射着亮光。最近有好几起逃兵现象,必须要解决了。在手电筒光束的照射下,两个人的大腿瑟瑟发抖,他们全身湿透,双手被白色的束线带捆在身后。

女孩儿的衣服湿漉漉的,紧贴在身上,看得出来小腹微隆。他们逃跑时偷的一袋子食物放在身边的地上。两人被绑着双手,无法抱在一起,他们尽可能把头紧紧地挨着对方。

指挥官说逃跑是严重的错误,问大家是否需要惩罚。"审判他们,"他说道,"他们应该接受惩罚吗?他们抛弃了你们,还拿走了你们的食物。如果你们觉得应该惩罚就举手。"

所有的成年人和大部分孩子都觉得他们应该被惩罚。卡丽也跟着其他人一道举起了她的小手。是的,他们应该被惩罚。打两个耳光?不许吃早饭?和她一起当炊事兵?指挥官举起手发出命令。卫兵们把两个孩子推到浅滩准备把他们枪毙。他们面面相觑,谁都不想第一个开枪。指挥官咆哮了,然后一枪,两枪,很多枪。两人面朝下倒在河里,翻了个身脸朝上了,然后又翻了个身脸朝下随着河水漂走了,身边的河水被染得通红。女孩的尸体被树根拦住,一个卫兵朝她踹了一脚。他们细小的手腕上,白色束线带的根部空出好多。他们并排着俯身漂走了,那一圈红色的河水像是围在脖子上的围巾。卡丽哭了。大多数孩子都尖叫着哭出声来。营地里的收音机还在播放着音乐。

他们的手腕那么的瘦小,空出来的束线带根部那么长。每次卡丽听到"可怕"这个词,总是会联想到这个画面。

束线带使用广泛,游击队和他们的敌人都很喜欢用:他们的腰带上都缠着好多束线带用来捆绑俘虏。束线带不会腐烂,在丛林里它们比尸骨还白。如果在灌木丛里遇到一具尸体,让卡丽反胃的不是腐烂的脸庞,也不是吃饱了肚子拍着翅膀飞走的秃鹫,而是绑在手腕上的明亮的束线带。游击队教过他们如何使用束线带——如何单手使用束线带捆俘虏,如何做活扣方便逃跑,如何用鞋带将它割断。卡丽的梦中经常出现绑着束线带的手腕。

她坐在表妹家里婴儿身边的一把椅子上,今晚不会做这样的梦了。她在二楼的窗边看到贝尼特手腕上的束线带被割断,平安无事地离开了巴勃罗的豪宅。

她什么也不去想了。听了会儿婴儿的呼吸声,卡丽迷迷糊糊地睡着了。

第十章

热苏斯·维拉利尔躺在巴兰基亚市的天使仁爱医院,这是一家位于拥挤的市场大街上的穷人医院。半夜时分,一辆黑色的路虎停在医院门前,小贩们立刻推着车围了过来,为了抢生意他们吵成一团。

伊斯德罗·戈麦斯是个面色红润的大块头,他从副驾驶座位上下了车。他一句话也没说,只是昂着头把路边的几个人赶走,打开后门让他的老板下车。

多恩·恩内斯特·伊瓦拉四十四岁,当地报纸都称他为"多恩·特富龙",他中等身材,穿着一件熨烫得平平整整的亚麻布衬衫式夹克。

医院里有几个病人认出了多恩,他们大声喊着他的名字打招呼。他和戈麦斯从他们身边走过,进了病房区。病房破旧的油漆地面光秃秃的,病床用帘子隔开。

热苏斯在病区尽头的两间私人病房其中的一间,戈麦斯没有敲门就走了进去。过了一分钟,他走了出来,用一块消毒纸巾擦了擦手。他向多恩点了点头,然后多恩走了进去。

热苏斯躺在病床上,他身体干瘪,靠着遍布的仪器和管子维持生命。他把氧气面罩摘了下来。

"你是个做事谨慎的人,多恩·恩内斯特,"热苏斯说道,"现在你来找我这个快要死的人?你派了个大块头来查看躺在病床上的人?"

多恩笑着说道:"别忘了在卡利①你对我开过枪。"

"那是为了买卖,而且你也对我开枪了。"

"你依然是个危险人物,热苏斯。这是我对你的赞美。我们可以继续做朋友。"

"你是个教育家,多恩,是个学者。你教别人偷东西。但是在十个铃铛,没人教怎么和别人做朋友。"

多恩看着萎缩在床上的热苏斯,他想了一会儿,然后倾过身子把头凑近了热苏斯,就像乌鸦在寻找地上的浆果。

"你没几天活了,热苏斯。你给我打电话我就来了,这是因为我还敬重你。你是巴勃罗的船长,从来没有出卖他,然而他什么也没给你。不如我们利用这为期不长的时间,像男人那样把这事谈好。"

热苏斯拿起面罩吸了几口氧气。他打开了话匣。

"1989年,我用渔船帮巴勃罗运送黄金去迈阿密,黄金上面盖着冰块,冰块上面放着鱼——石斑鱼和红鲈鱼,这里一共有半吨黄金。除此之外,还有三十根他们称为合格交货的金条,每根四百金衡盎司,上面标有编号。另外有二十五公斤的扁金条,来自伊尼里达的非法金矿。还有一袋子一百一十七克的金条,我不知道多少根。"热苏

---

① 哥伦比亚西部城市。

斯停下来喘了口气,"有一千磅黄金我知道藏在什么地方。你知道这些黄金价值多少美元吗?"

"大约两千五百万美元。"

"你给我什么作为回报?"

"你想要什么?"

"钱,还有我妻子亚德里亚娜和我儿子的安全。"

多恩点点头。"没问题。你知道我说话算数。"

"恕我冒昧,多恩先生,我只要现金。"

"也恕我冒昧,除了汉斯·彼得·施耐德,你还把这个消息卖给过其他人吗?"

"现在说什么都晚了,"热苏斯说道,"他已经发现了藏着黄金的地下室。如果我不告诉他方法,他不可能打开后还活着。也许汉斯打算把整个箱子搬到另一个地方去。"

"他搬动了箱子还能活着吗?"

"也许不会。"

"这么说里面有水银炸弹?一旦移动就会爆炸?"

热苏斯只动了动嘴。他的嘴唇上都是裂口,一说话就会痛。

"你能告诉我打开的方法吗?"多恩问道。

"是的。我现在只能告诉你很难。等你手上拿着现金来找我,咱们继续聊。"

第十一章

非洲大陆吹来的风挟带着尘土,把迈阿密的清晨染成了粉红色。比斯坎湾的尽头,海平面上初升的旭日映射在窗户玻璃上,呈现一片橘黄色。

汉斯·彼得与菲利克斯站在草坪上的洞口边。

翁贝托用铁镐和铲子把洞口挖大了,从黑乎乎的洞口边可以听到下面海水涌进涌出的声音。海水有节奏地随着海浪不断涌入,洞口散发出阵阵臭气,汉斯和菲利克斯赶紧扭过头去。

波比和马特奥从泳池工具房拿过来几件装备。

一群排成梯形的鹈鹕从头顶掠过,准备俯冲捕食。

"我他妈的怎么知道热苏斯和多恩·恩内斯特说了什么?"汉斯说道,"从前面弄出去,还是从后面弄出去,这个我不管。劳德代尔堡①的那个家伙怎么说的?"

"工程师克莱德·霍珀,"菲利克斯说道,"他有工具。他会帮我

---

① 美国佛罗里达州东南海岸的一座城市。

们把这件事搞定的。他说想和我们在船上先见一面。"

"这个手机上存了他的号码吗?"汉斯拿起从菲利克斯的汽车后备箱取出的蓝色一次性手机问道。

"他的号码?我不记得有没有。"菲利克斯舔了舔嘴唇说道。

"这是从你的后备箱拿出来的手机,告诉我解锁密码,不然我让波比把你的脑浆打出来。"

"星6969,我只用这个手机和情人通话。你懂的。"

汉斯噘着嘴唇输入了解锁密码。手机里的秘密等有空了再说。

"好吧,"汉斯说道,"这个该死的箱子,也许我们没必要把它拖出来,我们可以从后面把它砸开。不过,我想先派个人下去看一看。"

"派谁啊?"菲利克斯说道。

波比和马特奥站在菲利克斯的身后,翁贝托手上拿着背带站在一边。

背带上的绳子连着固定在洞口上方一棵海葡萄树的枝干上的滑轮,最后接在一个用绞车手工操作的起重吊车上。

波比拿起背带。

"穿上。"汉斯说道。

"合同里没有说我要干这个,"菲利克斯说道,"我要是有什么不测,我公司的人不会放过你。"

"少他妈废话,我让你干什么你就干什么,"汉斯说道,"你以为公司里面就你一个人想从中捞一笔吗?"

波比给菲利克斯穿上背带,固定好绳子。菲利克斯吻了吻脖子上挂着的纪念章。

汉斯站到了菲利克斯的面前,他想在菲利克斯戴上面具之前品味一番他的恐惧。

这是一个两侧脸颊配有大号活性炭吸附器的防毒面具，头顶上装着摄像机和探照灯。菲利克斯的背带服上还有一个大号手电筒和一个大号枪套。

菲利克斯已经穿戴完毕，装备整齐。面罩的吸附器让他很难畅快地呼吸。

天空中许多鸟儿飞过，一群乌鸦在围攻一只老鹰。菲利克斯抬起头，心中想道，我热爱那片天空。他以前从没想过天空是那么美好。他感到自己双腿发软。"把枪给我。"他说道。

波比把一支大号左轮手枪放进枪套，然后扣上搭扣。"到了地面才可以用枪。"波比说道。

他们把菲利克斯缓缓放入洞口。他感到自己的双腿很暖和。挂在吊绳上的菲利克斯在轻微地旋转。

头部进入草坪地面下方后视线变得很模糊。阳光从洞口照射进来，隐约可以见到防波堤的混凝土地基。越往里看，视线越模糊，最后只剩一团漆黑。海水在不停地涌入，洞里的水面距离地面有的地方相距大约四英尺，有的地方是六英尺。菲利克斯进入了水里，在海水没过腰部的时候双脚触到了地面。涌入的海水拍在他的屁股上，又溅在他的胸前和后背。海葡萄树弯弯扭扭的树根从地面上蜿蜒而来，它们太结实了，根本推不动。探照灯的灯光把树根投射在水面上，形成很大的黑影。他可以看到天井下面的混凝土支撑柱和头顶上方的根须上的泥土。

汉斯看着笔记本电脑上的视频，听到了菲利克斯从扬声器里传来的微弱声音。

"水底很平坦,我可以走在上面。水深齐胸。他妈的——是半条狗!"

"干得漂亮,菲利克斯。去看看箱子,"汉斯说道,"现在。"

菲利克斯向着洞口深处缓缓走去。身边都是天井的支撑柱,恍惚间有种走在沉没于海底的庙宇中的感觉。探照灯照向倾斜的岸边,反射出金属的光芒。灯光之中,他可以看到四处都是散落的骨头还有一个人类的头骨。没错,还有个大箱子。

"有个箱子,高度大于宽度。金属花钢板做的,就像是防滑地板的那种材料。四周都焊上了。"

"有多大?"汉斯问道。

"冰箱那么大,比冰箱大,有熟食店的冰箱那么大。"

"有吊环吗?把手?"

"我看不到。"

"那好,上去看看。"

身后传来咕咕的气泡声,菲利克斯转过身,只看到水里泛起了许多的小水泡,形成了一个棺材状的同心气泡圈。

菲利克斯手忙脚乱地往岸上爬。

"没有把手,没有吊环,没有门,没有盖子。我看不全,它被泥沙盖着呢。"

又是一阵咕咕的气泡声,菲利克斯左右转动着头顶的探照灯。黑暗的水底露出一双红色的眼睛。菲利克斯拔出左轮手枪就射,红眼睛不见了。

"我要上去!我要上去!"他迅速地朝着洞口下方跋涉而去,"拉我上去!拉我上去!"

上面的人赶紧转动铰链,吊绳迅速收缩,从水里升了起来,还在滴着水。

吊绳越收越紧,菲利克斯开始缓缓上升,就在这时,他被一个东西猛地撞落在水里,手电筒从手上滑落,慌乱中的射击全都射向了头顶的地面。

草坪上的铰链迅速地回转,绞车的把手啪啪地打着波比的手掌和手臂,吊绳一下子被拖下去好长。

洞里面的吊绳发出一阵嗖嗖声,然后绷得紧紧的,再然后就变得松弛了。

"把他拉上来!"汉斯咆哮着说道。

在笔记本电脑上,汉斯通过面具上的摄像机看到菲利克斯身下的海水在水底流淌,探照灯的灯光射向远方。马特奥和翁贝托摇着铰链,把菲利克斯拉了上来。

出洞口的时候只能看到菲利克斯的下半身,大腿上挂着悬下来的肠子。

不远的海面上,菲利克斯的手从水面上冒了出来,仿佛在向他们招手,随即又沉入了海里。

大伙儿面面相觑,默不作声,足足有一分钟。

"手上还拿着我的枪。"波比说道。

翁贝托戴上菲利克斯的帽子和墨镜。"现在怎么办?"翁贝托说道。

汉斯拿过翁贝托戴着的墨镜。

"菲利克斯的公司有个人喜欢这副墨镜,"他说道,"帽子可以给你。"

第十二章

一大早,卡丽忙着把胡萝卜切碎,她的表妹胡列塔用它来做胡椒酱到菜市场出售。

鹦鹉在栖木上不知道嘟哝着什么,显然是邻居家公鸡的打鸣声吵到了它。

"吃我的蛋。"鹦鹉说道。

和卡丽一样,胡列塔也有家庭健康护理执照——现在她的母亲卧床不起,又没有医疗保险,这个技能很有用处。

她们用北方的特大号家具布置了公寓,这些家具是她们照顾了生命最后一程的病人赠送的。病人和他们的家人都喜欢姐妹俩,她们性格开朗,身体强壮,可以搬动病人,而且无论看到了什么都不会乱说。家具很大,在小小的公寓里她们需要绕行。

客厅的墙上挂着一幅1958年特拉维夫音乐会的海报,还有一幅胡列塔身穿比基尼正在加冕夏威夷小姐桂冠的照片。

胡列塔在后面的卧室隔着哭泣的婴儿呼喊卡丽。"卡丽,帮我热瓶奶好吗?"

卡丽的电话响了。她在围裙上擦了擦手,从手提包里把电话拿了出来。是安东尼奥打来的。

安东尼奥在他的卡车里。"卡丽,听我说,想不想今天挣四百美元?"他把手机从耳朵上拿开了一秒钟,"我是不是听错了。拜托,不是和你开玩笑的。这可是笔大买卖,你知道我说话算话。我需要你的帮助,卡丽。今天下午我要去下面看看——你知道的,我仅仅是去看一看。过来帮我吧。"

第十三章

因为可以发一笔小财,卡丽奢侈了一把。她没有搭公交,而是叫了辆优步出租车去了迈阿密北滩,付了9.21美元车费。

她要去的地方靠近蛇溪运河,附近的房子小巧而整齐,都是房主们好不容易挣下的家业。大部分家庭的花园里都种了杧果树和木瓜树,也许还种了中国柠檬树。

只有一栋房子年久失修,它是被银行没收的一处房产,前主人被移民及海关执法局抓了之后被连夜驱逐出境。它闲置在那儿有五年时光了。前主人和银行都认为对方应该负责房屋的修葺。后院里有棵杧果树,但是已经摇摇欲坠,亟须整修和施肥。

几个月前,卡丽曾经路过这里,顺便记下了前院的牌子上书写的待售信息。第一次进去的时候是一个例行公事的银行职员陪她一同来的。那人把她带进来之后就回到外面车上等着她,一边喝着饮料一边用柔软白皙的手掌拍着方向盘。他已经告诉上司,卡丽"根本买不起这栋房子"。他按着喇叭催促卡丽看快点。

这回卡丽是一个人来的。

她从家得宝①买了些肥高洛牌的果树肥料。前院的门已经松了，没有锁上，她直接把门推开了。

卡丽坐在杂草丛生的后院里的一个塑料奶瓶箱上注视着那棵柁果树。清风触摸着她的头发，又对着柁果树窃窃私语。她小心翼翼地给柁果树施肥，不让肥料撒在树干上。柁果树的树干不喜欢粘上肥料。

隔壁住着的女邻居听到院门吱呀打开的声音后，透过篱笆上的洞查看动静。看到卡丽在给果树施肥后，她终于放心了。她走过来说如果卡丽想上阁楼的话她可以把梯子借给她。卡丽走进了屋子。

阳光透过屋顶的漏洞照进了卧室。第二间卧室的墙壁没有全部刷完。一堵墙已经刷好了，顺着刷过去的第二堵墙上的涂料越来越浅，最后停在地板上一个干硬的漆刷上。地板上有粉刷匠留下的一个空酒瓶，漆刷在酒瓶的旁边，遗落在黯淡无光、皱巴巴的地毯上。房子里铺设的瓷砖质量堪称上乘。

墙壁上留有少许的涂鸦——内衬墙上小朋友眼睛高度的地方写着"奥加尔维吻我的屁股"，旁边还画着低俗的图画。奥加尔维很有可能是个大笨蛋。地板上没有玻璃瓶和食品包装纸。潮湿的壁板散发着霉味。洗脸台安装在基座上。

卡丽觉得这个房子很不错。

阁楼里的情况很糟糕。有几根桁架腐烂了。厨房上方的阁楼房角有一个用干草和木头铺成的小巢。卡丽跪下来查看这个被遗弃的小巢。田鼠窝？不是。负鼠窝？没错。因为除了常见的入口之外还

---

① 美国家居连锁超市。

有负鼠窝特有的紧急逃生出口。食物缺乏的时候,卡丽做过负鼠汤。在丛林里做游击队员的时候,卡丽受过训练,指挥官说用田鼠做的汤可以作为治疗百日咳的特效药,但是她发现用负鼠做出来的汤味道并没有什么不同,治疗百日咳也同样无济于事。卡丽有很多本事。她现在还不会换房屋的桁架和屋顶的瓦片,但是她知道自己都能学会。

外面下起了太阳雨,雨点重重地落在屋顶,在她的头顶发出噼里啪啦的撞击声。雨水顺着屋顶的漏洞流了下来,在明亮的阳光照射下形成了一道闪亮的水柱。她伸出手接住水柱,仿佛能让家里不再进水。几分钟后雨停了。卡丽走到外面潮湿的地面上,希望能见到一抹彩虹。她见到了。

女邻居身材瘦小,满脸皱纹,名字叫作特蕾莎,从西班牙的加那利群岛的戈梅拉岛来美国的时候年纪已经不小了。她用戈梅拉岛上土著人使用的哨语和住在两个街区外的妹妹联系,这样就没有必要为了一件事打上几分钟的电话。特蕾莎从自己的杧果树上摘了两个杧果给卡丽,卡丽把它们放在热带风情超市的亮橙色购物袋里。

特蕾莎自告奋勇地给她介绍邻居的情况。古巴裔的邻居最爱普列托杧果,比如说瓦尔加斯一家,他们家的儿子在读牙科专业。海地人钟爱弗朗西斯夫人杧果,比如街角的图森特一家,他们的女儿在读法律专业。住在街道尽头的威迪亚帕迪斯一家更喜欢内拉姆杧果,他们来自印度,现在在博彩公司工作,他们家的儿子在迈阿密大学学医。特蕾莎滔滔不绝。牙买加人对这些杧果都不屑一顾,他们偏爱朱莉杧果,比如说希金斯一家,他们家的女儿现在是药剂师。中国人没有特别的偏好,在163号大街上的广东菜馆,他们用各种杧果搭配荔枝出售。长辈们都觉得他们家的儿子威尔登·温不是个聪明的年轻人，因为他走到哪里都在大声模仿说唱歌手勒夫·琼斯。但是自从威尔登拿到了波柏炸鸡的特许经营权之后，他在家里的地位获得了空前提高。波柏炸鸡按照迈阿密当地人的发音叫作波帕炸鸡。

她们听到远方传来一阵尖厉清脆的哨声。哨声持续了几秒钟，时高时低。

"对不起，"特蕾莎说道，"我还有没有吸尘器的垃圾袋了？"

她把两根手指伸进嘴里，发出一声响亮的哨声。声音很大，卡丽情不自禁地向后退了一步。

"我觉得我已经告诉过她了，"特蕾莎说道，"她总是从我这里借吸尘器的垃圾袋。我让她去沃尔玛，那里肯定有的卖。你想要买这个房子？让我为你祈祷吧。我可以通过篱笆上的洞为你的杧果树浇水。"

第十四章

日落前半小时,安东尼奥的卡车来到了距离埃斯科巴豪宅一个半街区的地方。开车的人是卡丽。

"我每周都会来这儿帮他们养护泳池,"安东尼奥说道,"九月底他们才会来迈阿密沙滩的豪宅区居住。"

他走下车,在防盗门上输入密码。

卡丽发现门打开的速度非常慢。卡丽想问安东尼奥开门的密码,以防他不在的时候自己需要开门。但她没有问。

安东尼奥看出了她的心思。"从里面出去的话,只要车开到门口门就会自动打开。"他招手让她把车开进来。卡丽进去后掉了个头,车头对着大门。

"在这儿等我,直到我过来或者我打电话给你。"

卡丽跳下卡车站在安东尼奥身边。"如果遇到意外怎么办?我可以帮助你的,"她说道,"我会游泳。我们可以把枪放在密封塑料袋里,然后我到隔壁的码头帮你望风,有人靠近防波堤我就把他们赶走。"

"没必要,"安东尼奥说道,"谢谢你,卡丽,我请你过来帮助我,但是要按照我的方式,明白吗?"

"安东尼奥,我替你望风可能会更好。"

"要么按照我的方式来,要么你就回家。你做好你的事情,我做好我的事情。待在卡车上。听我说,如果发生意外,我会打电话给你。"他举起放在密封袋里的手机。"如果你看见在街上有人跟着我,马上来救我,停车的时候让车厢靠近我,我直接跳上去,然后加大马力逃走。别担心,至多三十分钟我就回来。"

他从后车厢取出潜水设备。

安东尼奥看着卡丽,发现她的脸颊带着些许红润。他打开手套箱取出一个信封。

"这是硬石中心演唱会的门票。如果你不想和我一起去,就和你的表妹去吧。"他冲着卡丽眨眼,然后转身消失在视线里,没有回头。

安东尼奥躲在树篱下面戴上面罩和氧气瓶。不远处的市政湾的水面上,一条条来度蜜月的船上升起了炊烟。刚才卡丽让他有些神魂颠倒,他甚至觉得那些船根本没有发动引擎,烟雾是从卧室里冒出来的。

西方的天空一片明亮的橙色,水面折射的光影穿过海葡萄树洒在树下,形成一个个有他手掌那么大的影子。

安东尼奥准备从一个无人居住的豪宅的码头梯子潜入水中。他朝面罩里吐了口口水,然后用手抹匀。他的手腕上绑着摄像机。

他沿着防波堤游了一百五十码,和水面保持着六英尺的距离。在埃斯科巴豪宅的隔壁码头,他浮出了水面。落日的余晖在水面上荡漾。码头甲板下面冒出的钉子需要格外留意。他感到头上沾上了蛛网,于是潜入水中待了一会儿以防蜘蛛还在蛛网上。一团鳄鱼那么长的水草随着潮水在起伏,里面夹杂着一次性杯子、塑料瓶子和棕榈树叶子。一扇冷柜的盖子从他身边漂过,下面躲着好几条寻找遮阳处的小鱼。

他们在地下室里拆房子。马特奥他们几个人在剥墙上的石膏和水泥。这个活儿不轻松。他们用了空气锤,凿子,撬棒,锯子。空气中弥漫着烟尘。

汉斯在楼梯上看着他们干活儿,他掏出一块刺绣的手帕擦着白皙的脸庞。

他们从墙顶开始干了半天,墙上先是露出了一个光环,然后是神的脸孔——一个绘制在箱体上的女神。女神的眼睛透过碎裂的石膏和水泥注视着他们。马特奥认出来了,他在胸口画着十字:"愿圣母宽恕我们。"

在海边的花园里,波比手搭凉棚向西边看去。头顶一群飞回鸟岛的朱鹭飞过。波比拿起步枪打了几发子弹,他想抓一只受伤的鸟儿玩玩,但是没打着。二楼的阳台上,翁贝托把手搁在栏杆上,坐在椅子上休息,椅子边放着他的AR-15步枪。

豪宅沐浴在夕阳的橙色光辉里。天空的云朵开始变亮。

波比想用他的十字弓射中一条鱼,但是它躲进了水草丛里。波比骂了一声,都怪这刺眼的阳光让他瞄不准。

躲在水草丛中的安东尼奥靠近了防波堤,潜在伸出来的一块凹凸不平的石基下面。安东尼奥在水下六英尺的地方。身边一群胭脂鱼游过,胭脂鱼在照不到太阳的地方看上去是黑色的,在有阳光的地方看上去是银色的。两只鸬鹚在鱼群后拼命追赶,从安东尼奥的身边迅速游了过去。

四十码开外,一艘大游轮驶过海牛的栖息地,卷起巨大的波澜。游轮的船头站着好几个女人,船尾也站着一个。船头的女人们裸露着上身,下身只有一条比基尼短裤。

阳台上的翁贝托看到了,他一手拿着双筒望远镜,一手不停地揉搓着下体。

他向地面的波比吹了声口哨。

水下的安东尼奥听到了游轮的马达声。他抱紧了水下的崖壁。一阵巨浪袭来,安东尼奥失去了平衡。水草丛剧烈地起伏,就像一块破旧的地毯。安东尼奥的一只脚蹼穿破水面,竖着插在水草丛中。

翁贝托看到了脚蹼,他把两根手指伸进嘴里向波比吹了声口哨,然后指着脚蹼的方向。翁贝托又拿起对讲机说了几句话,然后拿起枪跑下了楼。

波比站在防波堤上撒尿,他希望那些女人看见了他。听到了翁贝托的话之后,他狼狈地跳了下来。

安东尼奥靠近了防波堤下的洞口。他能看清了。海水有节奏地拍打着洞口,留下淤泥和沙子,洞口的水草也在随之起伏。洞口很大,宽度大于高度,里面黑乎乎的。洞口前面长着一团橙色的海绵。安东尼奥拍了几张照片。

突然,他看到了射进水里的子弹弹道,离他很近。

翁贝托和波比站在防波堤上。他们向海草丛扇面射击,子弹嗖嗖地射进水里,换弹匣的声音比子弹入水的声音还要响。波比跑去拿他的十字弓。

安东尼奥的腿受伤了，流出的红色血液在海水中转眼变成了淡红色。洞口就在眼前，但到处是子弹弹道。他转身离开，想躲到更深一点的地方。

波比看到了水草丛中泛起的气泡。他很开心，拿起十字弓就射。弓弩的箭绳绷得笔直，水滴不断地从绳子上滴下来。

安东尼奥游不动了，头顶的水草丛在起伏，就像他起伏的胸口。

卡丽在一个半街区外的卡车里等待，双眼紧盯着手表。

四十分钟过去了，她拨打安东尼奥的电话。没有人接电话，她又打了一次。

在豪宅的泳池工具房里，安东尼奥的手机装在鲜血淋漓的塑料密封袋里放在桌子上，旁边是一把同样鲜血淋漓的锯子。手机响了，在桌子上震动着移动。

波比伸出血淋淋的手拿起袋子，他用两根指头夹起手机举到耳边。

"你好。"波比说道。

"安东尼奥，是你吗？"卡丽说道。

"不是。安东尼奥刚走，"波比说道，"他让我们帮他接电话。你要留言吗？"

波比笑着挂上了电话。身边的几个人也跟着笑了。波比用泳池工作T恤擦了擦手。

一阵短暂的太阳雨，硕大的雨点拍打着卡车的车顶。雨后的彩虹只出现了一小会儿就消失了。

卡丽坐在卡车里。

仿佛可以听见手表的嘀嗒声。其实,秒针是连续转动的,不会发出嘀嗒声,真正的嘀嗒声来自她的脑海。卡车上有曲柄窗口,她推开窗户,一阵潮湿的冷风吹了进来。

她感到眼睛被刺了一下,但是没有叫出声。停车的地方不远的围墙边长着橙色的茉莉花,雨后的花朵格外芬芳。

她的思绪回到从前,她仿佛看到了她的未婚夫穿着婚服死在路上的汽车里,汽车在燃烧,几个拿枪的人在放火。邻居们跑去教堂告诉卡丽这个噩耗,而她正手捧着茉莉花等在那里。得到消息后,她跑去了现场。红头发的准新郎穿着白色的丝质衬衫死在方向盘后面。车窗上布满弹孔。她从路边拿起一块石头砸开窗户想把他拖出来。她把手伸进窗户,紧紧地拉着他。人群中几个胆子稍大一点人过来想把她扶走,但她只是紧紧地拉着他不放。碎裂的车窗在她的手臂上留下了深深的口子。突然,油箱爆炸了,把她重重地抛在地上。婚纱上凝固的血液一片棕红色。

卡丽的腰包里放着她买的几个加了肉和奶酪的百利达[①],这是为了防止安东尼奥肚子饿她特意买来的。她看着百利达,它们还是热的,热气模糊了塑料袋的内壁。她把百利达倒在卡车的地板上,从座位底下掏出一把.40西格手枪放在腰包里。卡丽走出卡车,深吸了几口气,仿佛茉莉花香能带给她力量。她感到一阵眩晕。

卡丽走了一个半街区来到埃斯科巴的豪宅前。她从邮箱里拿了一沓海报和垃圾邮件。她给自己想的借口是她是过来拿支票的。

她在门上输入密码。树篱和围墙之间的空隙很大,导线管沿着

[①] 一种传统的洪都拉斯食品。

石头围墙铺设,墙上还有天井照明灯与浇水设备用的开关箱。她可以从这个空隙穿过去。

卡丽贴着墙壁往前走。蟹蛛的蛛网沾上了雨水,映着夕阳红色的光辉,在她的头顶闪闪发亮。

行车道上,马特奥正在把汉斯的卡迪拉克凯雷德的第三排座位放倒然后铺上塑料袋子。他没有看见卡丽。

卡丽躲在树篱后面来到了房子后面的花园。

泳池工具房亮着灯,门口是拖动尸体留下的血迹。卡丽瞅准机会穿过开阔的花园,她推开了工具房的门,看到了两条腿,还看到了两个脚蹼,桌子上有一具尸体。脚蹼的脚尖对着她。她见过很多次安东尼奥在泳池工作,非常熟悉他的腿。没错,是他的腿和上半身。头颅不见了。

她看了看地面想找到他的头,但是只有一摊血,已经发黑黏稠。

她的表情凝固了,但是头脑清醒。她伸出手摸了摸安东尼奥的后背,还是热的。

波比走进工具房。

他手上拿着一卷塑料薄膜,一卷线,还有用来剪掉安东尼奥手指的树篱修剪钳。他停在纱门前整理手上的一堆工具,没有看见卡丽。

波比踩着眼前的血迹走了进去。看见卡丽的时候,他放下手上的薄膜,咧着嘴笑了起来。他黄色的眼睛里全是她的影子。他希望不让她叫出声来,这样就可以在被别人发现之前把她强奸几次,他知道汉斯发现卡丽在这里一定会坚持杀了她。不过那样也没关系,只要她没变冷,还可以趁着她尸体暖和的时候干她一次,其他的人要是也想这么干,他们想在自己的老二上吐上口水奸尸是他们的事。

他感到全身上下无比兴奋,举起修剪钳一个大步迈了过去。卡丽对着他的胸膛开了两枪。卡丽对着他的脸开枪的时候他还保持着惊愕的表情。

卡丽从他抽搐的尸体上迈过。把枪放进腰包从防波堤上跳进海里的时候,卡丽听到屋里有人在叫喊。卡丽纵身一跃,身下的海草和海绵像一张起泡的皮革在水面上起伏,入水的时候,腰包撞击了她的身体,头发上缠了几根海草。

隔着水草她看到了岸上晃动的人影,卡丽加快了速度,一直游到隔壁的码头才浮出了水面,她用力呼吸了两口气又潜入了水里。她看到水里有东西在动,海水很浑浊,隐约看到移动的物体在她的左下方。她拼了命地往前游,但是背包妨碍了速度。她又浮出水面吸了一口气,突然感到脚踝被抓住了。她被拉进了水里,脸上和头发上都是水草,她用手臂擦了擦脸,感觉到另一只脚踝也被抓住了。

她必须呼吸,用尽力气往上游,但是又被拖了下去。她清理了眼前的水草,胸口在不停地起伏,很快她就要不行了。水草丛中的亮光让她看清了水下穿着潜水装备的人是翁贝托,他戴着宽大的面罩,吐着气泡。翁贝托想要淹死她。只要她想浮上去呼吸,翁贝托就会拉着她的脚踝往下拖。她把手伸进了腰包。翁贝托抓着她的脚踝,她的身体弯成了弓形。带着两个氧气瓶,翁贝托的动作十分笨拙。

她把腰包抵在翁贝托的头上,隔着腰包开了两枪,翁贝托的面罩里都是氧气,像一个充气棒那样爆炸了。她一脚蹬开他浮出了水面。卡丽出水的时候胸口还留着火焰,她大口喘着气,咳嗽了两下然后继续喘气。她抓着码头的梯子,在藤壶上擦了擦手,不停地喘着气。

卡车停在一百码远的地方。

她坐在车里,浑身颤抖,双手紧抓着副驾驶的座套。她感到自己好像抓着丝质衬衫,上面凝固的鲜血变成了棕红色。

卡丽闻了一口浓浓的茉莉花香,没有哭泣。

第十五章

卡丽把需要的物品装进一个塑料袋，里面有两个百利达，一小瓶水，安东尼奥的西格P229手枪，枪里有七发子弹，另外还有一个装满了子弹的弹匣。钱包里有一百一十美金，还有她坐公交的时候用来修指甲的工具。她有一把小阳伞，伞柄下面垫了三个从氯气瓶上拆下来的铅质垫圈。安东尼奥知道她经常在晚上等公交，所以给她的伞上装了三个垫圈。

在一个路边的超市停车场，卡丽停下车擦了擦车内后视镜。她能看清自己的模样了，但是却不知道自己是什么心情。她穿上安东尼奥的连帽衫以防被监控摄像头拍到。衣服上全是安东尼奥的味道——山风牌的抑汗剂和氯气的味道。口袋里面还有几个避孕套。卡丽拿起挂在后视镜上的宗教挂坠，和避孕套放在一起。她走下车去搭乘公交。

卡丽换乘公交的站台旁长着一棵蜜果树。果树的主人显然不知道这是棵什么树，也不认识掉在地上的果实，这种现象在迈阿密很常见。站台后面的草丛里和人行道上掉了好几个蜜果。卡丽还看到了几个杧果掉在地上,就要烂掉了,怪可惜的,但是隔着篱笆,她够不着。卡丽捡了两把蜜果放进手袋。她剥掉一个蜜果的皮,咬着多汁的果肉,味道与口感都和荔枝差不多。

她的手机响了,是安东尼奥的号码打过来的。她亲眼看见了安东尼奥被砍下来的头颅,但还是抑制不住冲动想要接电话。手机在口袋里震动,仿佛安东尼奥还活着,摸着手机就像她在泳池工具房摸着他后背上的肌肉的感觉一样。

卡丽查看手机的定位服务有没有关闭。她吃了六个蜜果恢复体力。去表妹家要坐挺长时间的公交,她可以好好计划接下来怎么做。

如果警方没有去埃斯科巴的豪宅,汉斯就会明白她不敢报警,也许他还会认为自己也是十个铃铛组织的成员。卡丽知道汉斯在拿到黄金之前不会对自己下手,但是,只要他搞定了箱子,就会找准时机对自己动手,也许会杀了她,也许会把她卖到一个再也回不来的地方。

深夜时分,卡丽来到位于克劳德·佩普路上表妹家的公寓,她从后门走了进去。姨妈、表妹,还有孩子都已经睡着了。

她用柠檬汁把手洗干净了,然后坐到孩子的身旁听着她的呼吸。孩子有点烦躁,卡丽把她抱了起来。胡列塔听到孩子的哭声,醒了过来。

"交给我,你睡吧。"卡丽说道。

她给孩子热了一瓶奶。

喝完了奶,卡丽给她擦了擦嘴,涂了爽身粉,把她抱在怀里晃了一会儿哄睡着了。

夜里小孩烦躁的时候她把自己的乳房给她,虽然没有奶水,她在乳房上蹭了会儿之后也就安静地睡着了。之前卡丽从未这样做过。波比被她开枪击中面门的画面总是挥之不去,他俯身倒在地上,后脑勺被打开一个洞,帽子后面的伸缩带被打断了,双腿在抽搐。安抚着孩子,她渐渐不用去想这些画面。

卡丽搂着孩子,眼睛看着天花板上的一块污渍,好像哥伦比亚地图的形状。卡丽觉得有个诗人的话是不对的。孩子不是"另一个小小的死亡之屋"。不会的,孩子不会是另一个死亡之屋。

她闭上眼睛。她本该坚持和安东尼奥一起潜入水里的。她希望自己说服了他,战胜了他的大男子主义,和他一起下了水。但是她却让安东尼奥进入了她更擅长的战场环境。可是他毕竟当过海军陆战队员啊,他应该懂得更多啊。

十二岁的娃娃兵卡丽因为在教化课上开小差受到记大过处分——这些课对她而言如同主日学校的课一样无聊——但是她在战术课上表现优异。哥伦比亚革命武装力量觉得她是个有用的人。

卡丽觉得伤员很重要,很快学会了战场急救。她用一只手抚摸着伤兵的脸安抚他们,另一只手拉紧绷带。

她也擅长武器装备的维护工作。然而她的主要工作——因为态度不端正接受的惩罚——是煮饭。有肉的时候,她用二十加仑的大锅给大家炖肉,锅就支在户外的空地上,空地上有几个伪装的铁皮棚,一个爱尔兰教官在那里教大家如何用煤气瓶制作简易的迫击炮,如何给手榴弹安上绊索,如何处理哑弹。

游击队的主要经济来源是绑架勒索。卡丽曾经负责看管一位绑架来的老教授。他是一个博物学家,教师,曾经从过政,来自波哥大,家里很有钱,但是身体很差。卡丽看管了他三年。只要按时收到钱,游击队对他还算客气,给他看他们从有钱人家里抢来的书籍。他的眼睛累了的时候,就把眼镜叠好放进口袋让卡丽读给他听。游击队允许他看的书都和政治无关,一般是关于诗歌,园艺和自然的书。游击队的军官让他给孩子们讲达尔文的进化论,让他们相信游击队必胜。

游击队的营地是个新旧事物夹杂的有趣结合体。卡丽遵从命令用田鼠做汤医治百日咳,但她的长官却有笔记本电脑。

卡丽的职责之一是给笔记本充电,要么是拖着重重的蓄电池组,要么是把它放在推车里送到最近的电源处充电。如果电源离得够近够安全,老教授还获许和卡丽一起过去。

一个和煦的春日,卡丽和老教授走在一条土路上。沟渠边鲜花盛开,蜜蜂在忙着采蜜。他们去护士站拿老教授用的胰岛素,教授的家人给了一大笔钱游击队才允许把药送进来。路上要经过一个焚毁的村子,村民们因为偏向游击队的敌人,全都死于最近的那次屠杀。他们没有朝房子里面看,因为知道会看到些什么。一只秃鹫从铁皮屋顶上拍动翅膀飞了起来,发出很响的声音。有一间房子里面的东西被游击队搬到了屋外,灌木丛上挂着一顶纠缠的蚊帐。教授看了会儿蚊帐,又看了看路边的鲜花,他取下蚊帐叠好。

"我觉得我们应该把它带走,你觉得呢?"他对卡丽说道。教授累了的时候,卡丽帮他拿着蚊帐。

下午,卡丽给他注射了胰岛素之后,教授要去给新兵讲达尔文,课程内容包括进化论的基本原则。课堂上还坐着一个监视员,他负责不许教授发表自己真实的观点。

下课后卡丽给大家做晚饭——大斋节吃的水豚。游击队里允许有一点点宗教信仰。大斋节期间吃水豚不算吃肉,因为梵蒂冈教廷规定水豚属于鱼类。

"我有东西给你看,"教授说道,"把蚊帐剪成两段,戴上宽帽檐的帽子跟我来。"

教授慢慢走近他的小屋后面的树林。

靠近一条小溪的山坡上有个蜂巢,几乎填满了半个中空的树干。卡丽和教授把蚊帐盖在帽子上,系上袖口的扣子,用碎布条扎紧裤管。

"不同年龄的蜜蜂职责也不同,"教授说道,"工蜂全是雌性,孵出来之后先负责清理蜂室,长大一点点之后负责清理和维护整个蜂巢,再长大一点负责接收采回来的花粉和花蜜,最后她们自己出去采花蜜,直到干不动为止。有些工蜂是第一次离开蜂巢采花蜜,她们不熟悉这个工作,你看,她们在入口处绕圈飞,这样回来的时候就能记住了。你看到入口处有个让满载花蜜的工蜂落脚的小平台吗?她们刚从野外回来,你看到平台上的蜜蜂在抚摸她们吗?新手哪怕只带回来一点点的花粉和花蜜都会得到抚摸作为表扬,你知道这是为什么吗?"

"这样她就会继续干下去。"卡丽说道。

"没错,"教授说道,"她会一直干到死。她被欺骗了。"他那双清澈的眼睛注视着卡丽,过了好一会儿,教授说道:"她被利用了。她会不停地出去出去再出去直到累死在一朵花的下面,翅膀最后萎缩成一团黑色的残根。蜂巢不会发现她的消失,也不会为她伤心难过。老的工蜂死去,新的工蜂会顶替上来。她们没有自己的生活,就是一台机器。"教授看着她,也许想知道卡丽有没有听出言外之意。"在这个营地,卡丽,这里的运作方式,也是一台机器。你是个聪明的孩子,有自己的想法,不要受了他们的欺骗。不要让属于自己的生活仅仅是在树林里偷偷摸摸地和你喜欢的人待在一起。张开你自己的翅膀吧。"

卡丽知道这番话是被严格禁止的洗脑语言,按照规定她要向队长报告。她会得到奖励——也许是在来例假的时候可以单独洗澡,而不是和男兵们一起洗,他的女宠们都有这个福利。她会得到奖励,她会受到欺骗。她想起自己刚来游击队的时候受到的热烈欢迎,同伴和军官给她的爱。这种家的感觉是她一直都渴望的。

在这个家,她获许在派对上喝酒。在这个家,可以发生性行为,前提是获得队长的同意。在这个家,她要处死抗命或者逃跑的人。大家投票决定处死逃兵。每个人都会举手同意,幼小的卡丽跟着别人举手,她只举过一次手,没有第二次。她不知道举手意味着什么,直到亲眼看见了两个逃兵站在河水里被枪毙。

"欺骗"这个词扎根在她的心里。西班牙语是"engañar"。这两个词从此扎根在她的心里。

看完蜜蜂的那天,队长派人来喊卡丽,她正在煮水豚。队长的办公室在一间被游击队强占的小屋。办公室有三个女工作人员,她们的工作似乎可有可无,都坐在她们自制的垫子上打发无聊的时光。

卡丽来到队长的办公桌前喊了声报告。没有人夹着她的胳膊前来,所以她自己摘下了帽子。

"教授那边怎么样?"队长问道。他时年三十五岁,管理手下人雷厉风行,战场指挥畏首畏尾。他还戴着学生时代的圆形金属框架墨镜。

"好多了，队长，"卡丽说道，"体重增加了几磅，吃的是生芭蕉，没有吃熟的，这对他的血糖有帮助。我看过试纸了。晚上睡觉时呼吸也正常了。"

"很好，我们要保证他的健康。再过两个星期就能收到下一笔赎金。我建议他给家人写信，如果不给钱，就把他的耳朵寄过去。卡丽，你负责把他的耳朵切下来。"队长拿着一个回形针在铅笔的笔尖转动。

"卡丽，乔治说他看见你和教授去了小树林。还说你们两个戴着面具或者伪装什么的。乔治担心教授对你说了些什么不该说的话。他让我派人带枪把你押到这里来。卡丽，你们在那里干了些什么？"

"队长，教授和我说感谢你们一直以来对他的照顾，感谢允许他使用胰岛素。他还——"

"他在小树林戴着面具就是为了表示感谢？"

"他向我展示如何收获蜂蜜。他之前养过蜜蜂。面具就是他做的防蜂帽。教授认为你也许会同意他在教我们达尔文的同时也能教我们一些生存技能。他说蜂蜜有助于让战士们获得营养，也能够在没有冷藏的前提下保存很长时间。他和我说在紧急情况下，蜂蜜还可以用来涂抹伤口，因为它几乎是无菌的。现在已经有了蚊帐，我们准备用烟熏火把蜜蜂赶走。烟熏火不会产生大量的浓烟，巡逻机不会发现的。"

队长转动着他的回形针。他的秘书们带着失宠的眼神看着卡丽。

"这倒是有点意思，卡丽。记住，除了我们同意他使用的衣物，他想穿戴其他任何物品你都要来向我报告。"

"是,队长。"

"之前因为你上课不认真我惩罚过你,现在我要给你奖励。你想要什么奖励呢?我批准你一天假去集市上逛逛?"

"我想在来例假的时候独自一人洗澡。"

"这可不行,这样做是性别歧视,我们所有人都是平等的。"

"那么我想和办公室里的几位战友一样,可以提前去洗澡。"

数年后,在通往北方的公路上,她看见公交站台上有人用食物和虚假的爱换取小孩子能提供的任何性服务。他们在车上放了食物,糖果,有时还有泰迪熊。他们不会把泰迪熊给孩子们,只是给她们抱一下,然后抢回来再把孩子们赶下车。有时孩子们得到的是装饰着珠片和花朵的人字拖。

最后,教授的家人凑齐了最后一笔赎金,他被释放了。游击队让他刮了脸,穿上他被绑架时穿的礼服衬衫和背带裤。卡丽看着教授,问他能不能带她一起走。教授询问了队长,得到的答复是不行。教授又问能不能寄来赎金放她走。队长说也许可以。赎金从来没有送到。也许送到了,但卡丽没有被允许离开。

十五岁那年,卡丽逃跑了,和她一起逃跑的是个比她大一岁的男孩。他长着淡红色的头发,门牙缺少了一颗。他们一有机会就躲到树林里做爱,卡丽深深地爱着他。第一次做爱之后,他们躺在开满凤仙花的树林里,男孩看着她,仿佛看着一位圣女。

逃跑前的最后一天,黎明后不久,卡丽的队伍接到命令去攻打一个支持极右翼组织的村庄。那段时期,不同派别的队伍轮流血洗不同的村庄,电视上的新闻节目主持人使用的词汇是"造成损失",但是很显然他们不明白血洗是什么意思。

村庄被不同的军事组织占据,对手攻占之后会毁掉村庄,屠杀居民,因为他们包庇了敌人。哥伦比亚革命武装力量的这次袭击是为了报复三周前极右翼组织对一个同情游击队的村庄的血洗。极右翼组织杀死了村子里的每一个人:游击队员,居民,孩子,甚至是家畜。

卡丽的父母在她当兵的第二年死于一次这样的屠杀,半年后她才得到了消息,她受到了刺激,两个星期没有说一句话。

游击队打算以牙还牙,杀死所有的敌人和村子里的居民。还有,所有的房屋都要放火烧掉。在树林里,游击队遭到了埋伏。卡丽落在了队伍的后面,她停下来用披风盖在伤员起伏的胸膛上,保持他的肺部呼吸直到医务兵赶来。树林里有两发子弹向她射来,卡丽匍匐在地,隔着伤兵的身体开枪回击。卡丽离开红土路面的公路,沿着和公路并行的树林前进。

卡丽赶到村子的时候部队已经开拔。他们炸掉了村里的学校,风儿吹过燃烧着的钢琴的琴弦,发出呜呜的叹息声,一阵大风吹过,琴弦发出幽怨的哭泣声,乐谱被吹散,飘向公路对面。

房舍在燃烧,街上到处是尸体。没有人朝她开枪,她也打定主意不向平民开枪。公路旁的房子有动静。她转过枪口发现不是敌人,而是一个孩子趴着躲在支撑房梁的水泥砖下面。她看不清楚是个男孩还是女孩,只看见一张脏兮兮的脸和一团乱糟糟的头发。

她假装没有看见,不希望弄出动静引来队友的注意。她停下脚步假装系鞋带。

"跑到树林里去!"卡丽说道,她没有看着房子的方向。

队长从后面上来了。最后一个抵达战场是他的惯例。卡丽不想和他单独待在一起。他不止一次想要强奸她了。他总是从后面靠近她，想把手从后面塞进她的裤子。唯一值得赞许的是，他从没强迫过她服从，他只是把这个动作当成打招呼的一种方式。

她请求他不要这么做。她曾无数次向上帝祈祷他不要再这么做了，这是她晚祷必做的功课。但是他走了过来。

身后传来枪声，卡丽加快速度向前找了个掩体。队长蹲在地上，朝着小孩子躲藏的房子射击。卡丽向他跑了过去，一边大声喊道："里面是个小男孩儿！"泪水模糊了她的眼眶，只有瞳孔是那么的清澈。卡丽沿着铺满落叶的沟渠奔跑，眼睛里面只有队长。

他向房子里面扔了一颗磷榴弹，蹲在地上用手枪射击。卡丽在奔跑，表情冷峻。他开了一枪，细长的手指继续扣动扳机。他弯下身子瞄准的时候，卡丽停下脚步，站在路上。她拿起步枪击碎了队长的后脑勺。

她的冷静超乎想象。房子里面都是烟雾，她看到那个孩子从房子后面跑出去逃向了树林。在树林边上，他回过头看了一眼。那个孩子身上真是脏啊。她看到树林里有好多张面孔，有一只手在拼命挥舞。

队长的身体太重了，无法把他拖进火里去。随时可能会有人过来，看到他们的队长被人从后面开了一枪。她会难逃一死。她向队长跑了过去。墨镜的一个镜片被打碎，另一个镜片完好，倒映着湛蓝的天空。只看他的装备，你会认为这是世界上最尚武的男人。弹药袋上挂着一颗破片手雷，卡丽把它取了下来。卡丽把他的手放在他的头下，把手雷也放在下面。她拔掉手雷的保险，飞了似的向前跑去。卡丽趴在路边的沟渠里,按照战术课上要求的那样张开着嘴巴。爆炸之后,她踉跄着继续向前跑。至少,以后祈祷的时候可以减少一点内容了。

游击队到处寻找卡丽和她的红发男友。

他们在福泉村躲了一年。男孩儿在锯木厂打工,她在一个公寓给人做饭。他们打算结婚,那一年,卡丽十六岁。

叛离组织还想活命是不可能的。那年年底,游击队派来的杀手在街上打死了男孩和同行的伴郎,当时他们正乘着一辆借来的旧车前往教堂,教堂里,卡丽手捧着茉莉花正在等待他们的到来。

杀手们来到教堂杀卡丽的时候,教堂里空无一人。她在村治疗室简单处理了手臂上的伤口之后从村后跑了。

杀手们在葬礼上等着她。卡丽没有现身。于是他们打开棺材朝着男孩的尸体又开了几枪,然后拍了照片走了。他们杀死男孩的时候没有毁他的容。

几个星期后,卡丽站在波哥大的一座豪宅前。仆人接待了她,带着她从服务生通道进了屋。等了一刻钟,卡丽见到了穿着背带裤的老教授。教授辨认了一会儿之后认出了她。卡丽站在台阶上,手上缠着绷带,蓬头垢面,婚鞋上血迹斑斑。

"你愿意帮我吗?"卡丽说道。

"是的,我会的。"教授不假思索地说道。他关上门口的灯,"请进。"在负责看管她的日子里,教授从没有拥抱过卡丽,现在,他拥抱了她。卡丽抱着教授的时候,手臂上的血迹染红了教授的后背。

管家带着卡丽去洗澡吃晚饭,晚上她睡在一张干净的床上。房间的百叶窗事先放下来了。帮助逃兵是死罪,卡丽不能留在哥伦比亚。

教授给了她帮助。卡丽在那儿待了一个星期——待这么长时间是因为要买伪造的身份证件。然后教授让她乘车一路向北逃去,经过了哥斯达黎加,尼加拉瓜,洪都拉斯,危地马拉。一路上卡丽用另一只手和牙齿更换绷带。

教授给了她足够多的钱,她可以在墨西哥买到去美国的车票,这样就不用趴在火车顶上偷渡了。好多偷渡客从火车车厢顶上摔了下来,铁轨两边遍布干枯的残肢断腿。教授还给了卡丽一张字条,上面写着迈阿密一户人家的信息。因为卡丽身体还未完全恢复,这户人家把她转给了另一户人家,他们接受了卡丽,告诉她必须免费在那儿干三年。后来卡丽从迈阿密电台得知这么做是不对的,从那儿开始,她什么都要从头学起。

也是从那段时光开始,卡丽养成了随身带些食物的习惯。一般而言,她会等到晚饭时吃。她还随身带着水和一把长度被法律允许的折叠刀,折叠刀可以让她单手操作。卡丽的脖子上挂着一串珠链,挂坠是倒悬的钉在十字架上的圣徒彼得。十字架里藏着一把弹出式匕首。

在表妹家里,她坐在婴儿床旁的椅子上,打着瞌睡,就像她乘车一路逃到美国来的路上一样。

午夜时分,她的手机响了。还是安东尼奥的号码打过来的。她看了看在黑暗中闪烁的手机,很难抗拒接电话的冲动。她让来电进入语音邮箱。一个操着德国口音的人说道:"卡丽,过来见我,我会帮助你。"

她摇晃着婴儿,轻轻地唱着《给鹦鹉的劝告》,这首歌是她的奶奶把她的鹦鹉卖给一个有钱的巴拿马人时写的,到了有钱人家,它可以天天吃香蕉,过舒服的日子。

卡丽迷迷糊糊地睡到天亮,在梦里,她见到了自己在蛇溪运河边上的小屋。尽管屋顶有个洞,小屋依然经受住了各种恶劣的天气。看到屋子的地基很结实,不会给孩子造成伤害,卡丽感到一阵平静。在梦里,一天的忙碌过后,看着地基牢固的小屋与屋子里和孩子睡在一起的自己,卡丽露出了微笑。

第十六章

旭日初升,比斯坎湾的雾气渐渐消散。

马尔科船长的捕蟹船在埃斯科巴豪宅的北面放置蟹网。迈阿密海滩警察局的巡逻艇从捕蟹船边迅速驶过,船上的人连忙做出忙碌的模样。巡逻艇掀起了一阵海浪,抹平了捕蟹船留下的长长尾迹。

马尔科和三个船员身穿防弹衣,外面套着宽大的外套,个个汗流不止。现在他们正在驶过豪宅,必须迎着太阳光的方向观察动静。豪宅楼上的窗户有反射光在闪烁。

伊斯塔班大副坐在驾驶舱,他的步枪放在窗户边的一块垫子上。他拿起步枪从瞄准镜里看到了闪烁的反光。

"楼上打开的那扇窗户旁有个人拿着望远镜,身旁放着一把步枪。"伊斯塔班对马尔科说道。

放置蟹网的滑轮上湿漉漉的绳索转动着把蟹网从水底拖了上来。伊格纳齐奥抓住两个用丝网和板条制成的蟹网把梭子蟹倒进甲板上的一个大箱子。他把蟹网放到船尾准备再放点蟹饵进去。一张张蟹网有条不紊地从水底拉起来,清空后放在了船尾。

驶过埃斯科巴的码头两个船身距离的时候,伊格纳齐奥打开一张蟹网后惊叫了起来。

马尔科船长关掉了升降机的开关。

伊格纳齐奥不敢把手伸进蟹网,他把网里的东西倒进大箱子,安东尼奥的头颅和张牙舞爪的梭子蟹一起掉了下来。安东尼奥还戴着他的潜水面具,玻璃面具外面的肉大多被螃蟹吃掉了,面具里面的脸庞保存完好,他的双眼看着上方,头下面的螃蟹倔强地挥舞着蟹螯。

马特奥出现在防波堤上。他双手揉着裤裆向他们挑衅。

"我能一枪把他的命根子打掉。"伊斯塔班说道。

"现在还不是时候。"马尔科船长说道。

回到码头,贝尼特看着安东尼奥的脸庞。"打电话给卡丽。"贝尼特说道。

"还是不要让她知道吧。"马尔科船长说道。

"她会过来的。"贝尼特说道。

第十七章

迈阿密戴德县警局的特里·罗伯斯警官三十六岁,负责刑事案件侦破,他无精打采地把车开进了帕米拉花园疗养院的停车场。关闭引擎的时候,他的电话响了,是法医办公室打来的。

"特里,我是霍利·宾。"

"你好,宾博士。"

"听我说,特里。今天早上我从一具尸体上取下一颗弹头,死者是男性拉丁裔白种人,二十几岁。我已经把弹头送去了匡蒂科的海军步枪装备中心。他们会查出来的。这颗子弹有可能是朝你家射击的同一支枪射出来的。记得吗,从你家卧室墙上取出的。我觉得有九分相似。"

"死者身份?"

"目前还不清楚。我给凶案科打电话,他们让我找你。你什么时候能回来工作?"

"等我向医生了解完情况。没多长时间。"

"我能冒昧地问一下丹妮拉现在怎么样了吗?"

"我正要去看她。我一个小时后去见你。"

"我等会儿要给新人培训,但还是请你早点来吧。我可以把你介绍给他们吗?我想如果不这么做的话,他们会失望的。"

"哦,好吧。谢谢你,宾博士。"

罗伯斯带着丹妮拉的腊肠犬萨利,她爬到了罗伯斯的腿上,罗伯斯抱起她下了车,朝着疗养院的大门疾步走去。

帕米拉花园是东南地区最好的疗养院,一座座古老而优雅的建筑掩映在苍翠的大树下。疗养院的大门只能从外面拉开。

几个病人坐在草坪上的长椅上。

树篱边的一个凉亭下面,一位上了年纪的牧师正在对着生活在这里的小动物们布道,它们是四条狗,一只猫,一只小山羊,一只鹦鹉和几只小鸡。牧师口袋里面装着食物,他一边布道一边分发食物,以保持这些观众的注意力。他想用吃圣餐的礼仪把食物放在它们的舌头上,但是这些家伙在牧师的手上就把食物抢走了。给鹦鹉南瓜子的时候,牧师很小心地用两根手指夹着给它。听众里面还有一个老人,牧师每次给他两颗M&M巧克力豆。

牧师的另一只手上是一本软皮的《圣经》,他模仿著名布道家葛培理牧师,手持着书脊让书页触碰手的正反两面。

罗伯斯抱着萨利和一个小包裹。萨利闻到了食物的味道,她挣脱了罗伯斯的怀抱向小动物们跑了过去。

四十岁的疗养院院长乔安娜·斯帕克斯坐在办公室,疗养院在她的管理下运作良好。罗伯斯知道很难给她一个惊喜。她笑着和罗伯斯打招呼,她的小狗从她的腿上跳了下来,罗伯斯把萨利放在地上,两只狗摇着尾巴互相嗅着对方。

"你好,特里,丹妮拉在中间的那个花园。你会看见她的太阳穴上贴着胶布,那是子弹的碎片弄的。是一颗被甲弹,不是铅弹,没什么大问题。弗里曼医生给她处理的。"

"谢谢你,乔安娜,她今天吃过了吗?"

"吃了,还吃了甜点。"

罗伯斯离开办公室的时候,乔安娜派了个护士跟着他。

在花园的长椅上罗伯斯见到了他的妻子。一缕阳光透过树叶照在她的头发上,他觉得自己的心像一张饱满的风帆,他屏住呼吸,悄悄走上前去。

丹妮拉的身边坐着一个九十多岁的老人,他衣着整洁,穿着西服,系着领结。罗伯斯把萨利放在地上,萨利激动地叫了起来,向丹妮拉狂奔而去,想要一下子跳到她的大腿上。丹妮拉好像吓了一跳,身边的老人伸出瘦弱的手把萨利赶了下去。

"下去,下去,"他说道,"坐下。"

罗伯斯亲吻丹妮拉的额头,额头上的发际线前面有一条长长的粉红色疤痕。

"你好。"

"你好,亲爱的,"罗伯斯说道,"我给你带了些果仁蜜饼,还有萨利。她真的很想你。"

"我可以向你介绍我的男朋友吗?"丹妮拉说道,"他是……"

"贺拉斯,"老人说道。他也许都不知道自己现在位于何处,但出于本能,他很有礼貌地介绍自己,"我叫贺拉斯。"

"他是你的男朋友?"

"是的,他是我的好朋友。"

"我是特里·罗伯斯。丹妮拉是我妻子。"

"罗伯斯先生,很高兴认识你。"

"贺拉斯先生,怎么说呢,我想要和我妻子单独待一会儿,你能提供一下方便吗?"

护士在一旁看着,她走过来搀扶贺拉斯。但是直到丹妮拉让他离开后他才打算离开。

"丹妮拉?"

"没事,贺拉斯,用不了多长时间。"

护士扶着贺拉斯站了起来,他们去了温室。萨利在丹妮拉身前上蹿下跳,两只爪子不停地扑打着她的膝盖。她轻轻地用手把萨利赶走。罗伯斯抱起萨利,把她放在长椅上两人的中间。

"你和贺拉斯是什么关系?"

"贺拉斯是我的朋友。我们认识吗,我不记得了。我记得我和你是朋友关系?"

"是的,丹妮拉,我们是朋友。你还好吗?你过得开心吗?你睡眠好吗?"

"是的,我非常开心。你在这里上班?"

"不,丹妮拉,我是你丈夫。你过得开心,这让我感到高兴。我爱你。这是你的爱犬萨利。她也爱你。"

"罗,罗伯……谢谢你说的这些话,但是我……"丹妮拉的目光投向了远方。

他太熟悉丹妮拉的动作了。这个动作的意思是不想看见他。之前在许多社交场合他见过这种表情,但是从来没有针对过自己。

罗伯斯的眼眶湿润了。他站起来俯身亲吻她的面颊。她迅速地扭过头去,就像她在派对上想把礼仪性的接吻时间减到最少那样。

"我想我该走了,"丹妮拉说道,"再见,罗伯……"

"罗伯斯,"他说道,"特里·罗伯斯。"

罗伯斯胳膊下面夹着萨利走进了乔安娜的办公室。

"她的背上有几个伤口,"乔安娜说道,"我们让她睡在羊皮上。血液循环正常。你呢?康复情况如何?"

"我没事。贺拉斯是怎么回事?"

"贺拉斯不会给她造成任何伤害的,你就放一百个心吧。每晚八点半我们让他上床睡觉,他在这儿已经有二十年了,从没有做过出格的事,他不会造成伤害的,就像一个婴儿一样……"

罗伯斯举起手打断了她。乔安娜不解地看着他。

"罗伯斯,她在这里很开心。她自己并没有为此烦恼,烦恼的人是你。案件有进展了吗?什么人干的?"

罗伯斯没有听见她说的话,他的思绪飞到了丹妮拉还认得他的最后那一天:那天晚上,丹妮拉在床上跨骑在他身上的时候,突然,汽车车灯的亮光照射在卧室的百叶窗上,紧接着一梭子子弹打碎了窗户,击碎了台灯,一发子弹射中了丹妮拉的头部。丹妮拉向前倒下压在罗伯斯的头上,他连忙抱起她滚到了地上。罗伯斯看了一眼丹妮拉满是血污的脸庞,从床头柜拿出手枪。透过被击碎的窗户,他只看到了逃离现场的汽车的尾灯,这时,他才发现自己也受了伤。

乔安娜琢磨着他的表情,"我没有想在你伤口上撒盐的意思。"

"没关系,"罗伯斯说道,"那个可恶的垃圾在雷福德监狱坐了六年牢,刚刚放出来,是我把他抓进去的,罪名是使用危险武器。他搞了把冲锋枪来找我报仇。三天后他就被抓到了,但是没有发现他使用的武器。他从哪里搞到的那把枪?那把枪现在在什么地方?现在不要担心他了,但是我要找到给他武器的那个人。"

乔安娜把罗伯斯送到疗养院的大门处。

牧师还在树下给小动物们布道,当然,还有唯一的一个人类信徒。

"……人类也许可以把自己也看作是动物,"牧师说道,"发生在人类身上的事同样发生在动物身上,人会死去,动物也会死去,大家都只能活一次,从尘土中来,到尘土中去。"

乔安娜关上大门。萨利趴在罗伯斯的肩头恋恋不舍地看了最后一眼,轻轻地鸣了一声。

第十八章

戴德县警局法医楼的接待处有远程视频设备供专家鉴定死因,地板上铺了柔软的垫子,防止家属在看到死者后晕倒在地上受伤。

双层玻璃门后的实验室装备齐全,堪称艺术品:门上有密封条,有消除异味的空气净化器,冷库容量巨大,足以容纳最大型的客机失事后所有的乘客和机组成员。解剖台是灰色的,可以增强柯达相机的拍摄效果。

霍利·宾博士在给准法医们上课,学生人数不多,来自美国各地还有加拿大。他们围在一个穿着脚蹼的无头男尸前。尸体已经摆成了解剖姿势,体温冷却到了一点一摄氏度。

宾博士的黑色上衣外面套着实验围裙,她穿着长裤和镶着花边的伞兵靴,裤管罩在靴子的外面。她是个亚裔,三十多岁,长相标致,就是好像少了点耐心。

"你们看到的是一位男性拉丁白人,身体健康,二十多岁。"宾博士说道,"昨天下午漂到了迈阿密裸体海滩卖芝士汉堡的船附近,被海军陆战队的巡逻艇发现的。死亡时间不长,但是破坏严重,这一点你们都看得出来。身体右边有阑尾切割手术留下的疤痕,左前臂有文身,地球和船锚以及'永远忠诚',这是海军陆战队的队徽与誓言。死亡时间就是这两天,但是尸体被虾蟹咬坏了。判断死亡时间的一个要素是什么?"没有等待学员的发言她接着说道,"是裸体海滩的水温,大概二十九摄氏度。稍后我会讲如何推测水下的温度。你们看,他的手指不见了,如果算上头颅,身高大概在一米八左右。"

"宾博士,凶手用什么工具切掉了他的头颅?"站在脖子旁边一个满脸稚嫩的年轻人问道。

"看他的第三根颈椎上锯子留下的齿痕,"宾博士说道,"从齿痕来看,是Sawzall锯子,六个齿痕,每个相距一英寸,这很常见。在美国,凶手切割尸体的时候,Sawzall锯子的受欢迎程度排在第二,第一是砍刀,第三是电锯。在这起案子里,他是被人放在桌上或者柜台上,或者卡车的后挡板上把头割掉的。割头和切手指的时候他已经死了。你们能看出来为什么吗?看一下化验结果——伤口里的血清素和组织胺的含量没有降低,腹部伤口也同样如此。切开他的腹部是因为凶手不希望他在海上漂浮很长时间。你们能看出手指创面的区别吗?一根手指是用Sawzall锯掉的,其余的是用普通的树篱修剪钳剪掉的。大腿上有枪伤,贯通伤,我从他的骨盆取出了子弹。

"死亡原因是什么?"宾博士说道,"不是因为砍头,而是胸部的穿刺伤,也是贯通伤。从后背的左肩胛骨进入,刺破心脏,从左乳头处穿胸而出。"宾博士用手摸着尸体胸部的一个椭圆形的蓝色洞口,旁边还有两个小一点的洞口。她用手压着洞口的时候,可以透过她的手套看到指甲上涂着红色的指甲油。"有人能告诉我这是什么吗?"

"颗粒文身?"有个学员回答道。

"不是,"宾博士说道,"我说过这是伤口。罗伯斯警官,你能告诉大家这个大洞和两个小洞是怎么回事吗?"

"箭伤,也许是蓝箭,一种捕鱼用的十字弓。"

"为什么?"

"因为箭身穿过了他的身体,箭绳绷直的时候会产生向后的拉力,箭头上的倒刺就会刺入身体。也许是膨胀箭头,我们最好去卖潜水用品的商品调查一下。"

"谢谢你的解释。同学们,这位是迈阿密戴德县警局凶案科的特里·罗伯斯警官,他见多识广,几乎见过各种凶器。"

"你找到箭头了吗?"站在解剖台顶端的一位学员问道。

"还没有,"宾博士说道,"十字弓能说明发生凶案时的哪些情况呢?"

没有人回答,宾博士把目光投向了罗伯斯。

"这说明他们作案时间充裕。"罗伯斯说道。

"没错,凶手有充分的时间和隐秘的地点把箭头取出。从后背的创面来看,他们并没有直接把箭拔出来,而是卸下箭头把箭身从后背拔出来的。这说明他们有隐秘的作案地点。"

宾博士让学员去休息室,她和罗伯斯留在了实验室。

"我向匡蒂科中心申请了DNA检测,过几天才知道结果,"宾博士说道,"哦,肯定不止,强奸案的结果都要等一个月。弹头口径是.223,也许是民用AR-15步枪,子弹是船尾弹,速度接近亚音速。"

"你没有摘下脚蹼。"

"是的,但是上课之前我摘下来看过了。"

宾博士摘下脚蹼。一只脚底板上文着"GS O+"。

"GS是西班牙语血型的意思。"罗伯斯说道。

宾博士摘下另一只脚蹼。"我觉得你应该好好看看这个。"罗伯斯看到脚底板上文着一个挂在鱼钩上的铃铛。

"罗伯斯,他为什么把文身文在脚底板上?如果别人看不见,在监狱里这个文身就不能保护他。一般都是文在脖子上的。"

"这样做有助于弄到保释金,"罗伯斯说道,"也有助于律师发现客户。有些律师喜欢帮他们打官司。这个文身叫十个铃铛。谢谢你,宾博士。"

第十九章

迈阿密河边的码头,夜幕已经降临,棕榈树在风中婆娑。一艘小货船拖着一条像梗犬的拖船在转弯。

马尔科船长和他的两个船员与贝尼特一道站在焚烧炉敞开的炉门前,炉内燃烧着熊熊烈火,火苗不时蹿出,映亮了黑暗的码头。伊格纳齐奥大副穿着一件脏兮兮的背心。

"伊格纳齐奥,把衬衫穿上。"马尔科船长说道。

伊格纳齐奥从头顶套上他的POLO衫。他的二头肌上有十个铃铛文身。他吻了吻脖子上的圣迪马斯吊坠。

在烈火中,安东尼奥的头颅和长着大尖牙的鱼头骨一起在燃烧,安东尼奥的脸正对着前方,好像一直在凝视着他们,他还戴着潜水面具,玻璃周围的橡胶开始熔化。安东尼奥耳垂上的哥特式十字架耳环被人取走了。

卡丽从黑暗中走出来,站在贝尼特身边。

她捧着一束橙色的茉莉花,眼睛直笔笔地盯着焚烧炉,她把茉莉花扔进去,遮盖住安东尼奥已经变形的脸庞。

贝尼特往炉子里加了一把助燃剂，火焰从烟囱里轰然而出。

火光映红了每个人的脸。

马尔科船长的眼眶湿润了。他用平稳的声音说道："伟大的圣迪马斯啊，你是义贼的守护神，你陪着耶稣在地狱受难。现在，请你保佑我们的兄弟平安到达天堂。"

贝尼特关上焚烧炉的炉门，没有了火光，外面变得一团漆黑。卡丽看着用脚踩平的码头地面，想起了她来美国之前待过的一个地方。

"你需要什么？"马尔科船长问卡丽。

"一盒.40西格手枪的子弹。"卡丽说道。

"那是安东尼奥的枪，"马尔科说道，"把那把枪扔掉。"

"不行。"

"那么把枪给我，我换一支枪给你，"马尔科说道，"贝尼特，你侄子能做枪管和枪膛吗？"

"他做的退壳钩和撞针更好。"贝尼特说道。他伸出手去拿枪。

"我们会还给你的，卡丽，"马尔科说道，"但是你得和我们合作，我是这里的头儿。"

头儿？安东尼奥也觉得他是个头儿，不肯让我陪他下水，至少我可以掩护他。

马尔科继续说道："你把子弹压进弹匣了吗？你在子弹上留下指纹了吗？"

"没有。"

"你在现场留下弹壳了吗？"

"是的。"她把手枪递给了贝尼特。

"谢谢你，卡丽。"马尔科从办公室拿了一把手枪和一盒子弹给卡丽,口径为.357,足够了。

马尔科贴着卡丽的耳边轻声问道:"卡丽,你想和我们一起干吗?"

卡丽摇摇头,"你再也不会见到我了。"

黑暗中传来一声口哨,所有人立刻警觉起来。

罗伯斯警官从车上走了下来。他看到了码头上火光四溅的焚烧炉,从蟹网堆中间走了过来。风中响起一声尖厉的哨声,一个红色的激光点出现在他的衬衫上。罗伯斯停下脚步,举起他的警察证件皮夹。

黑暗中有个声音说道:"站住!"

"我是迈阿密戴德警局的特里·罗伯斯。不要拿枪对着我,拿开!"

马尔科船长抬高了手臂,激光点离开了罗伯斯的胸膛移到了他举在头顶的证件皮夹上。

在蟹网堆中间,马尔科和罗伯斯面对面站着。

"你在养伤期间没有上交证件?"马尔科问道。

"没有,"罗伯斯说道,"它一直在我身上,就像十个铃铛文身一直在你身上。"

"说实话,见到你我很高兴,"马尔科说道,"不对,'很高兴'这个词用得不恰当,请原谅我的英语水平不高。应该说,见到你我'没有不高兴',至少现在还没有。你想喝一杯吗?"

"可以。"罗伯斯说道。

在露天凉棚下面,马尔科船长倒了两杯朗姆酒,他偷工减料,没有准备柠檬。

罗伯斯只能看见马尔科船长一人，但能感觉到黑暗中还有其他人。罗伯斯感到自己的肩胛骨之间发痒。

"我们发现了一具尸体，上面有十个铃铛文身。也许你知道他是谁。"罗伯斯说道。

马尔科船长摊开双手。又一条船尾挂着拖船的货船在河面上驶过，马达的声音让他们俩提高了嗓门。

"一个年轻的拉丁人，二十多岁，"罗伯斯说道，"身体健康，穿着脚蹼，没有头颅和手指，脚底板上有文身，还有血型，用西班牙语写的，正O型。"

"他是怎么死的？"

"一支箭或者十字弓刺穿了胸膛。当场就死了，希望没有让你难过。我只是找你了解情况，不是正式的问讯。他死了之后被人切断了手指。"

罗伯斯看不出马尔科有什么反应。

"他体内的一颗弹头和射向我家的弹头匹配。"罗伯斯说道。

"啊，那件事啊。"

"对，你知道的。"

一只飞蛾在光秃秃的灯泡下面飞来飞去，飞蛾的影子不时地落在两人身上。

"我希望你明白，"马尔科说道，"我以我母亲的灵魂起誓，我们不认识朝你家开枪的那个人。我更不可能朝你家开枪了，就像你也不可能朝我家开枪一样。你太太身上发生的事情我们每个人都感到抱歉。"

"许多人会朝别人家里开枪，还有人会朝穿着脚蹼的年轻人开枪。你的手下有人不见了吗？"

焚烧炉发出砰的一声，那是安东尼奥的脑子烧开了。一圈火星从烟囱口升腾而起。

"我的人都在。"马尔科说道。

"我想知道开枪打死那个年轻人的凶手，我想找到那把枪，我想知道那把枪是从哪里搞到的。你和我之间现在没有任何问题，但是如果我找到了答案，发现你没有说实话，你我之间会有大麻烦。"

"你知道我这么长时间一直都遵纪守法。但是，我在一次家庭聚会上见到了一个大人物，那是一个月之前在卡塔赫纳。"

"多恩·恩内斯特。"

"他是个大人物。"

"他知道枪是从什么地方来的吗？"

"不知道，而且当着你的面他也会这么说。如果他来迈阿密的话，你会和他面谈吗？"马尔科说道。

"面谈，任何时间，任何地点都可以。"罗伯斯感谢他提供了朗姆酒，穿过蟹网堆和板条箱走了回去。激光点在地面上跟着他的脚步。

"我想那会是下周二。"马尔科自言自语道。

焚烧炉里砰的一声，安东尼奥的头颅炸开了，烟囱里一圈火星冒了出来，就像一个黑色的光环。

马尔科希望警方无法很快确定死者的身份，不然他们就会沿着安东尼奥提供泳池维护服务的家庭这条线索查下去了。

第二十章

安东尼奥旷工的第三天,泳池维护公司发现他的卡车一直不见踪影,于是报了警。在路边超市停车场找到卡车的时候,车上有一张两个小时前刚刚贴上去的"疑似犯罪车辆通知"。

泳池维护公司的一名员工用冰袋压着自己的脖子,一边看着宾博士发来的视频识别安东尼奥的文身。

当汉斯看到新闻里公布了死者的身份之后,他知道自己的时间已经不多了。警方会从安东尼奥的客户入手调查。

汉斯观望了两天,他必须找人代替他死去的手下。不包括菲利克斯,他一共损失了两个人,只剩下马特奥了。

汉斯喜欢招那些种族和语言不同的人,他认为这么做手下人就不可能联合起来算计他。

在95号公路边一个兼卖新奇小礼物的妓院,他找到了卡特——一个能熟练使用各种工具的窃贼,以前曾跟着他干过。卡特看到汉斯的时候非常意外,但是他刚在雷福德的联合惩戒所坐了五年牢,让他干什么都不会反对的。他找的另一个人是弗兰克,来自伊莫卡利,在地下拆车厂工作,因为家暴坐过两次牢。汉斯的酒吧没有被卫生部取缔之前,他是那里的常客。

发现警察没有去埃斯科巴的豪宅,汉斯带着人回到了那里。

卡特和弗兰克发动机器开始拆房子。

汉斯站在地下室的楼梯上看着他们干活儿,他戴着安东尼奥的耳环,他觉得这个东西能带给他活力。

他没有告诉卡特和弗兰克炸药的事情。说不定热苏斯是骗他的。

在迈阿密沙滩上修建地下室几乎是不可能的,因为地下水位太高了。想要修建地下室的结果要么里面都是水,要么潮水把房子冲走。为了保证飓风来临的时候房屋位于潮水之上,埃斯科巴的豪宅下面用支撑柱加高了,再填上泥土加固,天井也同样如此。因此,地下室的四周尽管都是泥土,却不会被潮水淹没,除非是超级海潮。

卡特和弗兰克刮掉了地下室墙壁上的水泥,一个金属大箱子朝外的一面露了出来。箱子上有保险阀门,箱面上画着比真人大得多的慈善圣母画像,她是古巴人和渔民的守护女神。阀门上没有密码盘,也没有锁眼,只有一个无法转动的把手。

卡特把含有百分之八钴的钻头装进电钻,在刀片上涂了一层黑色氧化物。为了使用二百二十伏电压,他们从厨房的炉子后面把电源线沿着楼梯送了下来。

卡特在胸前画着十字,然后把钻头抵在圣母的乳房位置开动了电钻。一阵巨响之后,箱子上只掉下来了一小块铁皮。

巨大的响声让汉斯向后退了两步,他半睁着没有睫毛的眼睛思考着,心里面传来了热苏斯的声音:圣母的脾气像炸药一样可怕。

他大喊了一声让卡特停止工作,然后走到花园打了个电话。等了三分钟,他才听到电话那头使用呼吸机维持生命的热苏斯微弱的声音。他在哥伦比亚的巴兰基亚市。

"热苏斯,是时候挣我答应给你的那笔钱了。"

"汉斯,是时候把剩下的钱全都给我了。"

"我发现了一个保险阀门。"

"我之前就告诉过你。"

"没有密码盘,只有一个小把手。我能打开吗?"

热苏斯吸了口气,想了想,"它是锁着的。"

"我能强行把它打开吗?"

"如果你不想死,最好别这么做。"

"那么给我点建议,我的老朋友。"

"如果收到那笔钱,也许我会想到什么。"

"到处都是危险,时间又太紧,"汉斯说道,"你想要养活你的家人,我想要保护我的手下。我捞不到好处,你也什么都得不到,难道这一点你都想不明白吗?"

"我能想明白的事情就是拿到钱。这再清楚不过了:给我你答应过的钱,现在就给。"热苏斯停下来吸了几口氧气,"还有更加危险的东西呢。现在我不想打扰圣母的安宁,我的好朋友,再见。"他挂上了电话。

汉斯把手伸到炉子后面拔掉了插头。他走下楼梯告诉他们说:"大家先不要干了,我们把它整个弄走,弄到一个可以把它打开的地方。好大的一个铁箱子啊,卡特,我们得找个安全的地方。"

电视里的午间新闻重复播放着安东尼奥的身份信息和警方的

联系电话。

汉斯给劳德代尔堡的克莱德·霍珀打了电话。霍珀在迈阿密从事水上建筑工作,副业是为开发商拆除古建筑,从中捞了不少油水。

在迈阿密,古建筑拆除许可证是出了名地难弄。想要砍掉一棵老橡树或者拆除一座古建筑,开发商常常一等就是几个星期,甚至几个月。

霍珀有一台日立牌的双前门建筑拆除机,星期天检查部门的人在家里陪老婆孩子的时候,他只要几个小时就能把一座房子拆成一堆瓦砾。

拆除机的驾驶员座位下面有一捆垃圾袋,树木被推倒的时候,他把鸟巢与幼鸟放在里面。

当发现非法拆除的时候,古建筑保护协会通常只是象征性地谴责几句,然后开出一张十二万五千美金的罚单——考虑到等待许可证需要付出的时间,还有像秃鹰一样守在屋顶的放贷银行,这点钱实在不值一提。

但是汉斯只需要霍珀装在船上的绞车和起重机。他给霍珀报了一个价,然后又报了一个价,霍珀终于同意和他见面。

"我们星期天的白天把它弄出来。"汉斯对着地下室的弗兰克与卡特说道。他们两人穿着背心,汗流浃背。

第二十一章

一辆出租车慢慢地停在了天使仁爱医院前面拥挤的路边,一个推着推车的小贩和出租车司机为了停车位吵了几句,但是小贩看见车里坐着一个修女之后,他在胸前画了个十字,推着他的车离开了。

在弥漫着消毒剂气味的病房,一位牧师把窗帘拉上一半,开始对一个骨瘦如柴的病人施行傅油礼①。有只苍蝇从破旧的搪瓷洗脸池上飞过来想要停在圣油上。牧师的眼睛凝视着地面,他看见有穿着长袍的人路过,以为是个护士,于是请她帮忙把苍蝇赶走。护士没有睬他,继续向前走去,边走边发糖果给遇到的孩子们,但没有分发她手上满满当当的果篮里的水果。

她带着果篮走进了最里面的私人病房。

热苏斯躺在病床上,看见女人让他感到高兴。他摘下氧气面罩面带着微笑说道:"谢谢你。"他的声音很微弱,"篮子里有银行卡吗?有信封和敦豪快递吗?"

---

① 基督教会的一项古老圣事,意味着将危重病人付托给基督并求赐安慰和拯救。

修女笑了笑,从头巾下面取出一个信封放在他的手上,然后指了指天空。她走到床边,把床头柜上的东西整理了一番之后将果篮放在热苏斯够得着的地方。她的身上带着香水味和烟味。一个偷偷抽烟的修女,热苏斯感到很高兴。她拍着热苏斯的手,俯身给他祈祷。热苏斯亲吻他别在枕头上的圣迪马斯挂坠。热苏斯说道:"上帝保佑。"信封里装着一张两百美金的汇款单。

多恩·恩内斯特的黑色路虎停在医院门前。保镖伊斯德罗·戈麦斯从副驾驶座位上走出来给多恩打开后车门。

停在他们后面的出租车司机打开《自由报》,举在手上挡住自己的脸。

多恩和保镖走在人群中的时候,医院里的许多病人立刻把他认了出来,他们大声喊着他的名字。

修女在分发糖果,她即将要离开。从头巾的缝隙看到多恩的时候,她看着地面,脸上露出了微笑。

多恩敲了一下热苏斯敞开的病房大门。

"欢迎。"热苏斯轻声说道。他把氧气面罩摘了下来,"很荣幸能在没有被搜查的情况下和你见面。"

"我要告诉你的消息会让你开心,"多恩说道,"你做好听的准备了吗?"

热苏斯伸出枯瘦的手掌做了个请的动作,"我受不了别人卖关子。"

多恩从口袋里掏出几张文件和一张照片。"我可以把照片上的房子给你的妻儿。卢皮塔把它给你太太和你的小姨子看过了。没有冒犯的意思,但是你的小姨子实在太挑剔了,说话也很冲。"

"情有可原，"热苏斯说道，"她从来都不知道我是干什么的。"

"可是，尽管她脾气不怎么样，那个房子她还是很中意的。你太太也很喜欢。她觉得比她妹妹的房子还要漂亮很多。你太太找人看过房契了，鉴定的人给了她一张合法证明。此外，我还给你的妻儿准备了一大笔钱，这样他们就可以永远拥有这座房子了。那笔钱现在委托第三方看管。这是银行的收据。作为回报，我希望你把你知道的一切全都告诉我：你送了什么东西去迈阿密，我怎样才能搞到手。"

"这很复杂。"

"热苏斯，直奔主题吧。汉斯已经找到了箱子，所以箱子地点不需要你告诉我，我已经知道了。这个消息你已经卖给了汉斯。"

"那么我告诉你，如果用错误的方法打开箱子，几英里之外都能听得到。我首先需要的是有人保证——"

"你信任你的律师吗？"

"我的律师？"热苏斯说道，"当然不信任了。你这个问题等于白问。"

"你是个有眼光的人，应该相信自己的妻子。"多恩拍了拍门，热苏斯的妻子和他十几岁的儿子走了进来，后来还跟着板着面孔的小姨子，她趾高气扬，走路的样子活像一只苍鹭。她用挑剔的眼神看着热苏斯和多恩，看着病房，甚至连看果篮的眼神都是不屑的，因为她觉得那些水果都打了蜡。

"我先失陪，你们聊。"多恩说道。

热苏斯的家人离开之前，多恩和保镖与司机站在医院的门廊抽了大半支雪茄。看见他们的时候，多恩扶了下帽子打了个招呼。他还和热苏斯的儿子握了手。戈麦斯带着他们去了一辆等在外面的汽车。

路边的出租车上,无所事事的司机再次用报纸遮住了脸。戈麦斯走上前来,用指头把他的报纸拨开,又看了看后排座位,坐着一位修女。戈麦斯扶了下帽子表示抱歉。司机听着蒙奇和亚历山大演唱的一首哀伤的巴恰塔舞曲。他闻着戈麦斯身上古龙香水和手枪机油的混合气味,一动不动地坐着,直到戈麦斯离开。

多恩和戈麦斯回到病房。

出租车上,修女点上香烟,掏出手机。"伙计,给我找汉斯先生,动作快。"

信号不是太好,她等了一会儿,"嘿,我们的朋友回病房了。现在应该和热苏斯在一起。"

"谢谢你,帕洛玛,"汉斯说道,"我必须告诉你卡拉那笔生意搞砸了。钱你留着,再给我物色一个来。最好是俄国妞。"

在前去热苏斯病房的路上,医院里一个挂着拐的病人拉住了多恩的衣袖,戈麦斯刚想把他赶走,多恩说道:"没关系。"

那人眼里含着感激的泪水开始诉说他的不幸。他想露出后背给多恩看背上的溃疡。

"给他点钱。"多恩对戈麦斯说道。

"上帝会保佑你的。"他亲着多恩的手说道。

病房里的热苏斯看着果篮,一点胃口都没有。果篮占据了大半个床头柜。突然,果篮里响起一阵铃声,铃声的曲子是墨西哥军号《消灭所有敌人》。热苏斯伸手去翻果篮,但是身上缠着各种管子,一些水果被碰翻在地上。最后,他终于挣扎着找到了藏在果篮最下面的手机。

"谁?"

汉斯的声音传来，"热苏斯，今天有朋友来看你了。你告诉他秘密了吗？你把卖给我的秘密也告诉了他？"

"我什么也没说，我发誓。把剩下的钱给我，我不需要你这点小恩小惠，汉斯·佩德罗先生。我告诉你的秘密能救你和你手下人的命。"

"我叫汉斯·彼得，不是汉斯·佩德罗。对你而言，我是施耐德先生，你的恩人，你的老板。我付过钱了。告诉我如何打开那个箱子。"

"你需要一张图表，尊敬的施耐德先生。我已经画好了，另外还准备好了放钱用的回信的信封，请用敦豪快递寄给我。我会等到后天。图表上用什么语言标注由你决定。"

一千七百八十英里之外，汉斯睁大了眼睛，眼睛仿佛都要从眼眶里冒出来。

"多恩·恩内斯特和你在一起吧？你们是不是聊得挺开心？我想和他说两句，把电话给他。"汉斯的嘴角残留着一点泡沫。他拨打了另外一个手机。

"不，我是一个人，和你一样，"热苏斯说道，"把钱给我，你这个该死的混蛋。你被炸飞到火星上的时候别忘了告诉我一声。"

热苏斯手上的手机突然爆炸了，他的头颅被炸得粉碎，散落在病房四处。爆炸的时候，多恩的手刚刚摸到了房门的球形把手，一块碎片割伤了他的眼睛上方。

多恩走进烟雾弥漫的病房，热苏斯的尸体鲜血直流，还在抽搐。插在天花板上的一块头骨掉了下来落在多恩身上，他用手把它弹开。多恩有些难过，但十分镇定。一滴鲜血从他的脸颊上流了下来，就像是一颗泪珠。他翻了翻床头柜，什么也没发现。

"上帝会保佑好人。"多恩说道。

第二十二章

阿尔弗雷多芭蕾舞学校位于巴兰基亚市的一条酒吧街上,学校入口处有一幅两个人跳着探戈的广告照片,然而这所学校压根儿不教探戈,它是十个铃铛组织目前的巢穴,主要的教学内容是偷钱包、盗窃和抢劫。十个铃铛得名于所有成员都要通过的一项测试——让学员模仿被窃者,接受测试的人要成功地从他口袋里偷出事先放好的十个铃铛,为了增加考试难度,口袋里有时还会放上鱼钩和刀片。

学校二楼有个宽敞的舞池,上午十点左右,惬意的微风伴随着楼下的喧闹从窗户外飘了进来。

舞池的一角模仿机场的美食街布局,有咖啡馆,自助餐厅,几张餐桌和一张摆放调味品的桌子。十几个二十岁左右的年轻人穿着平常的衣服站在那儿,他们来自欧洲和美洲六个不同的国家。

老师大约四十岁,他穿着彪马牌的衣服,眼镜支在头顶。他自认为是个舞蹈老师——竖起衬衫领子遮住脖子上的监狱刺青的时候的确有点像。他的通缉照片在全球各大城市的机场警察局的布告栏上都可以见到。

今天的练习科目是擦拭调味品偷窃法。他是这么说的：

"这个科目的要领是，首先，你要事先锁定目标，他刚走进美食街你就得知道他的哪只手上拿着值钱的东西。比如说，左手上提着笔记本电脑包。看清楚了，左手。然后你必须把芥末或者蛋黄酱涂在他的右后肩膀上，这样他就要用左手才能摸到。女士们，请在他走路的时候走上前去告诉他背上有芥末，然后在第一时间把准备好的餐巾纸送到他的右手上，这样他就没有时间把笔记本电脑包换到右手而是必须把它放下来。他把包放在地上扭过头去看肩上的芥末，视线就离开了这个包。你帮助他擦拭的时候让他的手臂碰到你的乳房，你要穿带钢圈的乳罩，隔着衣服都能让对方有感觉。这时，你的搭档迅速把电脑包拿走。好多人在实际运用的时候，不是涂错了肩膀，就是送餐巾纸的时候不够迅速。弄砸了的同学可能会被警察抓住，关进机场监狱等人保释，那里连个窗户都没有，撒尿的自由也没有。好了，我们开始练习。文森特和卡里塔，你们两个站起来，去寻找目标和地点，现在开始。"他伸出手盖住嘴巴，从鼻子里面发出声音说道，"飞往休斯敦的八十八号班机在十一号门检票，同时检票的还有前往拉雷多，米德兰，埃尔帕索的乘客。"

多恩·恩内斯特坐在舞池边的办公室，他静静地听着外面吵闹的说话声，奔跑的脚步声，指错路的大喊声——卡里塔指着错误的方向大声说道："我亲眼看见他朝那边跑了。"

凭借着在十个铃铛组织的领导经历和大学毕业后多年的犯罪经验，多恩写了一封信给安东尼奥的父母并送去了一张支票。他觉得支票的金额尽管足够慷慨了，但是也许还是会让他的父母感到不快。他也希望如此，因为如果他们在花钱的时候痛骂自己害了他们儿子的命,他也就不需要再费劲口舌去安慰他们了。

多恩的秘书轻轻敲了敲门,她走进来递给他一个一次性手机。手机放在一张餐巾纸上,多恩连带着餐巾纸接过手机。"五分钟之后有人会打进来。那个人你认识。"秘书说道。

太子港忙碌的钢铁市场,大量廉价的旧自行车正在出售。大部分车子都是在迈阿密偷来的,经过检修之后,这些车子能保证使用至少一个月。一大早,店主肖恩·克里斯多夫就拿出一条大锁链把摆在外面的样品锁好,然后带着他的笔记本电脑进了一家咖啡馆,他坐下来发了封邮件给巴兰基亚,信的内容是:尊敬的先生,能不能在你方便的时候给我联系电话?

没过几分钟,回信就来了。+57 JK5 1795。

多恩的电话嗡嗡地震动起来。

"多恩先生,我是肖恩·克里斯多夫。"

"早上好,肖恩·克里斯多夫。乐队怎么样啊?"

"您还记得啊?运气好的时候能到奥洛夫森酒店演出,晚上有空的时候到郊区演奏波加洛舞曲。"

"什么时候出DVD?"

"还在准备阶段,谢谢您还记得这件事,多恩先生,我们还需要继续排练。我给您打电话是要和你说从迈阿密给我送自行车的那个人,您还记得他吗?他说接到了一个从巴拉圭打来的电话,那人喉音很重,是个光头,他想要借用我们在戈纳伊夫①的港口。"

---

① 海地城市名。

"怎么个借用法?"

"从迈阿密来的很重的货物需要在那里中转,从货船卸到渔船上。我想这件事您可能会感兴趣。这个人您认识吗?"

"没错。"

"我的小货船'勒夫'号每星期往返迈阿密一次,船上装的是我要的自行车。给我送货的朋友明晚在船上和我见面之后还会和我保持电话联系,我把知道的消息通过这个号码告诉你可以吗?"

"你这么做很好,肖恩先生。告诉你在迈阿密的朋友,让他在脖子上围个围巾,最好是亮橙色的。请把你的银行帐户告诉我的秘书,谢谢你,肖恩先生,祝你的乐队一帆风顺。"

有人敲门。是多恩的助手保罗。保罗三十多岁,额头上留着显眼的V型发尖。

多恩抬起头想问一个问题,但眉毛上方的伤口传来一阵刺痛。"保罗,我们在南佛罗里达还有人吗?我是说现在。"

"坦帕市有一队人马在盯着珠宝展。维克多,乔洛,帕科,坎迪。"

多恩翻开办公桌上的文件,拿着写好的哀悼信轻轻拍着牙齿。"他们干过暗杀吗?"他低着头问道。

保罗想了想说道:"并非毫无经验。"

马尔科船长在迈阿密的码头接了电话。

"你好啊,马尔科。"

"你好,多恩先生。"

"马尔科,你多久没去过教堂了?"

"我不记得了,老板。"

"那么现在是时候关心一下自己的精神世界了。明晚去做个弥撒。博卡区有个不错的教堂,你去参加六点钟的弥撒。带着你的人去给安东尼奥祈祷,坐在前排显眼的地方,记得拍几张你们在教堂的照片给我看。"

"有几个人,我不想说他们的名字,无法接受圣餐。"

"那就让他们待在外面,或者发圣餐的时候盯着地面。仪式结束之后开一个小时车去迈阿密北部找个好一点馆子,选一个菜去厨房和厨师吵一架,但是过后要给他们很多小费,这样他们就一定会记住你。还有,马尔科,你的老朋友法瓦利特最近忙不忙?"

第二十三章

早晨的交通高峰期过后,一辆旅行车驶出了坦帕市朝东穿过鳄鱼谷向迈阿密驶去。

坎迪坐在旅行车的后排,她今年三十五岁,长得很漂亮,但是难以接近。另外三个男子维克多,乔洛和帕科也都三十几岁,个个穿着考究。

他们的珠宝线人必须要等了。

"到洛杉矶再和他接头。"维克多说道。

"反正我们也知道他的喜好。"帕科贪婪地看着正在涂润唇膏的坎迪说道。

坎迪鄙夷地看了他一眼,把唇膏小心地放进钱包里的手机夹层,以免意外地塞进了手枪的扳机框。

西迈阿密的仓库是个大型建筑,外表是淡绿色的,没有窗户。

在填词人帕科的眼中,这个建筑像个屠宰场。"仓库,"他说道,"是屠杀梦想的地方。"

坎迪站在旅行车的车轮旁望风,维克多,帕科和乔洛走了进去。

和他们接头的人没有说自己的名字,"那我就叫你巴德好了。"维克多说道。

他把手里的一枚硬币给巴德看了看,然后巴德带着他们穿过一个有很多门的阴暗走廊。空气里散发着臭鞋子、旧寝具、脏被子的难闻气味。帕科还看到了废弃的家具与儿童安全座椅。莫非来错了地方?想到这里,他不禁打了个寒战。

仓库的一个个小隔间的上方是开放的天窗,上面布满了金属网眼,很像监牢。巴德在一扇门前面停了下来,他盯着维克多,于是维克多掏出两扎钞票。

"先给一半,巴德。给我看货。"维克多给了他一扎钞票。

打开门,他们看见一架小型钢琴,一个移动吧台,还有一个上锁的金属储物柜。巴德掀起钢琴凳的座板,从活页乐谱中间取出一把钥匙。

"看看走廊。"他对帕科说道。

"没人。"帕科说道。

巴德打开柜子取出两把MAC-10型全自动手枪,一把AK-47,和一把AR-15突击步枪。

"全自动步枪有没有?"维克多问道。

巴德把改装过的AR-15递给他,这把枪装了嵌入式扣机,可以当机枪使用。

"这些枪都是干净的哑巴枪[①]吗?保证没有问题?"维克多问道。

"我敢拿你的生命打赌,是的。"

---

① 不会被查到的枪支。

"不,你还是拿你自己的生命打赌吧,巴德。"

巴德把这些枪连同装满子弹的几个弹匣和消音器放进一个手风琴箱子,把一支散弹枪放进低音萨克斯箱子。

维克多看着帕科说道:"你终于有了趁手的家伙了。"

下午他们去了美洲购物中心采购,坎迪还在那儿染了头发。

第二十四章

安东尼奥被火化了之后,卡丽继续着忙碌的生活。

她和表妹胡列塔给鹈鹕港海鸟救助站前往鸟岛的游船准备食物,这份工作是她们每月收入的主要来源。船上的游客吃什么?他们吃没有汤汤水水的手抓食物。

馅儿饼,三明治,插着牙签的腊肠。经费充足的时候还有腌鱼片配牛油果。喝的东西是甜饮料,朗姆酒,伏特加和啤酒。

她们也曾尝试过提供排骨,但是调味酱把船上弄得到处都是,擦拭地板不是件容易的事。船上不能生火,但是在码头上可以使用烧烤架。救助站的消毒器可以用来蒸馅儿饼和饺子。

游船挺大,船顶有帆布,厕所在驾驶舱旁边。船上有四十套救生衣,栏杆边摆放着长椅。

一共有三十个人报名,大部分都是彼此熟悉、经常一起玩的迈阿密本地人。乘船观赏野鸟所需的报名费并不贵。这次活动的主要目的是鼓励大家帮助救助站,因为它依靠捐赠生存。游船的路线是环绕鸟岛的鸟类自然栖息地一圈,天黑了以后沿迈阿密河南下欣赏夜幕下高楼大厦鳞次栉比的壮观夜景。今晚,大家会在海湾公园稍作停留,因为那里有烟火表演。

丽丽贝特·布兰科博士是救助站的医生兼站长,也是这次活动的主持人。她七岁的时候在彼得·潘行动①中从古巴来到美国。

布兰科博士允许卡丽照顾小动物。今晚她穿着黑色外套,戴着珍珠项链,和平时大不相同。她的丈夫站在她的身边,他是一家回力球球场的联合股东之一。

布兰科博士向大家致欢迎辞,然后游船准备出发。

游船的引擎开动了,从79号街的跨海大桥下面出发前往南边的鸟岛。鸟岛由两个杂草丛生的小岛组成,面积为四平方英亩。两个小岛一个是自然栖息地,另一个主要用来处理垃圾。鸟岛属于私人所有,政府不提供维护岛屿所需的资金。

海鸟纷纷飞回栖息地——朱鹭,白鹭,鹈鹕,鱼鹰,苍鹭在空中飞翔,薄暮之中,朱鹭与白鹭迎着夕阳,羽毛散发出耀眼的光芒。

每次这样的活动都要进行放生——把康复的动物放回自然,向游客演示救助站的工作成果同时号召大家捐款。今晚,甲板上的宠物笼里放着一只幼年夜鹭,笼子上面盖着毛巾,黑暗的环境可以使其冷静。

它刚出生不久就被厄玛飓风从巢里吹落到地上,摔伤了翅膀。被送到救助站之后,很快就恢复了健康,现在是时候回归自然了。

海水很浅,船长尽可能把船开到距离鸟岛很近的地方。

卡丽拎着笼子走到船尾,把它稳稳地放在栏杆上。

---

① 1960年至1962年,14,000多名古巴未成年人在布莱恩·沃尔什的组织下成功到达美国。

电视台的摄制组准备拍摄整个放生过程。当地颇受欢迎的天气预报员简单介绍了环境保护的意义。他站在栏杆旁,卡丽托着笼子站到了镜头拍不到的地方。她摘掉毛巾打开了笼子。夜鹭背对着大家,只能看见它的尾巴。天气预报员有点不知所措。

"扯一下它的尾巴它就会转过来。"卡丽说道。

虽然是只幼鸟,但是体形相当大,全身的羽毛蓬松松的。它感到尾巴被扯了一下,立刻转过身来把头探出了笼子,当看到鸟岛的天空有许多同类在盘旋飞翔的时候,它像一枚火箭似的腾飞而去。

卡丽的心情也跟着腾飞的夜鹭飞翔,直到她在鸟群中再也无法把它辨认出来。

游船开始环岛航行,然后向南前去观看烟火表演。

不少游客携带了望远镜,有位游客手拿着馅儿饼指着远方和船长在交谈。

卡丽放下装着三明治的托盘,船长把他的望远镜递给了她。

岛上有只鱼鹰倒悬在一根鱼线上,鱼线缠成了一团绕在一棵树上,鱼鹰旁边的鱼钩上挂着一条干枯的鱼。鱼鹰无力地拍打着翅膀,它张着嘴巴,黑色的舌头伸了出来,巨大的爪子在空中乱舞。

游客们围到了栏杆边。

"看那个畜生的爪子。"

"它想偷别人捕到的鱼。"

"它以后再也偷不到了。"

"我们能救它吗?"

海水很浅,游船无法靠近。他们距离小岛有五十码,小岛的边缘长满了红树林,岛上到处是垃圾和灌木。

垃圾对于鸟岛来说可谓利弊参半。游客不会想上来野餐,但动物有时会困于其中不得逃脱。

卡丽在望远镜中看到缠在鱼线上的鱼鹰,它凶残的眼神注视着天空,巨大的爪子在空中乱舞。一群群飞鸟正在归巢。一行朱鹭在空中像一条明亮的红线,它们缓缓降落在树林里准备过夜。

看到被捆住不能动弹的鱼鹰让卡丽感到一阵难受。站在水里的那两个孩子也是被捆住的。他们的双手被捆在身后,只能贴着对方,头紧紧地依在一起。行刑队开枪的时候,他们就那样偎依在一起倒在崎岖的山谷里,尸体随着水流漂走,长长的血迹在水面上像一条围巾包裹着他们。

"让我去吧,"卡丽对船长说道,"如果你们留在这儿,我就去救它。"

船长看了看手表。"我们还要去看烟火表演。我让救助站的人乘小船来接你。"

"救助站现在没人,"卡丽说道,"明天才有人。"

有时候会有志愿者登岛解救受困的鸟儿,但是时间不固定。再说鱼鹰那种烈性的鸟类也不是所有人都敢去解救。

"卡丽,船上还有活儿要你干呢。"

"让我去吧,回来的时候把我捎上。求你了,船长。胡列塔一个人可以做好所有的食物。"

船长从卡丽的表情看出她是打定主意了。他不希望卡丽顶撞自己,这样做的结果是她被解雇。但是当他隔着卡丽的肩膀向后看去的时候,他发现布兰科博士对他点了点头。

"那你速去速回,"船长说道,"如果超过二十分钟还不回来,我打电话给海上巡逻队,让他们接你。"

海水非常清澈,大约四英尺深,海底长着水草,在微波里荡漾。

船长打开了船上的小型工具箱。"需要什么你就拿。"

卡丽拿了几把钳子和绝缘胶布。工具箱里有修理滚烫的发动机时用的隔热手套,还有一小包急救用品,东西不多,一卷纱布,一卷绷带,几张创可贴与一管消炎膏。

卡丽把工具和急救用品包放在笼子里,还带了条一位游客从沙滩包里取出来给她的沙滩浴巾。她摘下围裙,穿上救生衣,穿着鞋子背身跳入了水中。水温大约二十四摄氏度,但是海水钻进衣服后她还是感觉到冷。她的脚触到了海底,水草轻轻地摩挲着她的脚踝。游轮在水里上下颠簸,似乎感觉比印象中要高出许多。

船长用绳子系着盖子把笼子放了下去。

站在水里,岸边的多脚红树林似乎也变高了。它们生长在海水里,蔓延到了岸边。

比斯坎湾的海底被过往的行船开凿出了深深浅浅的沟槽,有一条沟槽卡丽无法蹚过去,她把笼子放进水里用脚向前踢,自己游了过去,庆幸自己没有脱去运动鞋。

又来到了浅滩。卡丽把笼子拖在身后,然后又托起来,侧身向前在长满红树林的岸边寻找一条上岛的路。

她来到了树林,却找不到鱼鹰受困的那棵树。卡丽回头看去,船长向她挥手,示意她向南走。这条路不好走,地上布满了垃圾——有笼子、煤气罐、纠缠的鱼线、宝宝椅、汽车座椅、结满盐霜的垫子、自行车轮胎、单人床的床垫。还有的垃圾是海水冲上来的废品、一团团的海藻、遇险船只扔弃的货物、不远处的利特瑞福工厂排放的污水。

卡丽一边向前走,一边心想这里就像她以前那一团糟的人生。但是一片狼藉之中,她没有看到残肢断腿。

鱼鹰倒挂在距离地面五英尺的一根树枝上,腿上缠着一根结实的尼龙鱼线,它在空中缓缓地转动,无力地拍打着翅膀,爪子在乱舞。它张着嘴,黑色舌头从淡紫色的嘴里伸了出来。那条鱼已经干枯,眼窝深陷,已经死了好几天了,卡丽站在树下都能闻到它散发的臭味。

卡丽尽可能地站在鸟喙碰不到的地方,她把一堆小树枝和树叶踢拢在一起,把沙滩浴巾摊在树叶上面。

她靠近了鱼鹰,伸出一只手拉住鱼线,把它缠在自己的两根手指上,掏出钳子使用切线模式准备把它剪断。尼龙鱼线太结实了,钳子只是把它弄得弯弯扭扭却没能剪断。她掏出随身的折叠刀,没有看,只是凭感觉用大拇指把刀刃弹了出来。这把刀非常锋利。

刀刃的锯齿把尼龙绳割开了,鱼鹰虽然只有三磅重,抱在手里还是感觉沉甸甸的。把它放在浴巾上的时候,鱼鹰拍动着一只翅膀扇着她的腿。卡丽用浴巾把它轻轻地包了起来,鱼鹰的爪子紧紧地抓着浴巾。

把鱼鹰放进笼子的时候卡丽听到了一声尖厉的响声。她穿过灌木站到高处,把笼子放在头顶,循着来时的足迹寻找回去的路。她已经进入水里了,头上顶着笼子向游船走去。

一条栖息在水底的魔鬼鱼受到了惊吓,晃着身子飞快地游走了。一群鼠海豚从身边游过,卡丽在船上的人发出的欢呼声中也能听到鼠海豚的呼吸声。胡列塔跳入了水中向她游了过来,一位德国游客见状也连忙脱掉了裤子跳入水中来帮忙。他是个高个子,拿过笼子放到了船舷上。

他们把装着鱼鹰的笼子放在酒吧桌上的时候，人群里响起了零星的掌声。

布兰科博士一直在看着他们。卡丽朝她看了过去。

"卡丽，假如我不在这里的话，"布兰科博士问道，"现在你会怎么做？"她轻轻推了下她的丈夫。

"它快要脱水了，博士，"卡丽说道，"我会给它补水，固定好翅膀，保持它的体温，然后放进遮好的笼子里回救助站。"

"那就去做吧。"布兰科博士找了个地方坐了下来看着卡丽如何完成。

卡丽隔着浴巾紧紧抱住鱼鹰，然后用一只手握住它的两条腿，和胡列塔用纱布给它的翅膀进行八字形固定。游船在向南驶去。卡丽从酒吧拿来一根吸管，润滑了一下插进它的嘴巴，确定了食管的位置之后她把吸管缓缓顺了下去。

"你不会弄疼它吗？"有个游客问道。

卡丽没有回答。她把含在嘴里的水吐进吸管，鱼鹰急促的、带着鱼腥味的呼吸喷在她的脸上。靠得太近了，卡丽能看到它巨大的黄色瞳孔。

她们把鱼鹰重新放回笼子，在上面盖了一条擦玻璃用的毛巾。

"我不会为它感到难过，它不同于小狗或者其他动物，我的意思是，它们靠杀戮生活。"一个游客说道。

"你嘴里是不是啃着一只鸡腿？"布兰科博士问道。她去找卡丽，卡丽正在擦酒吧桌，那个德国人也在，他希望卡丽让他做任何他能帮上忙的活儿，但是卡丽谢绝了，不需要他的帮忙。

"卡丽，星期一来找我。我有东西要给你，"布兰科博士说道，

"我丈夫和不少律师有业务往来，让我瞧瞧万一有什么——这是律师的说话方式——让我瞧瞧万一你有什么条件可以让他们能帮忙解决你的身份问题。我丈夫说要想让你凭借'可信的恐惧'获得暂住权，最好让律师拍几张你手臂的照片。"

当卡丽发现摄制组在拍摄的时候，她扭过头躲过了镜头并婉拒了他们的采访。

汉斯在晚间新闻上认出了卡丽的手臂。他不明白为什么卡丽留着两条伤痕，只留一条，虽然不对称，但是会更好看一点。他打开本子把她的伤痕画了下来。

第二十五章

海地货船"勒夫"号停在迈阿密河上游四英里的一个码头上,甲板上的值班员看着三线铁路[①]拱形高架桥上的霓虹灯映在河面的倒影。他的身边放着几个弹匣和一支短小但合法的霰弹枪,霰弹枪的枪管从枪栓前部计算的话合计18.1英寸。他的脖子上系着一条橙色的围巾。他是个做事周到的人,为了完成任务,他中午吃了两个鳄梨。

汉斯的手下弗兰克站在他的身边,弗兰克手上拿着一支AR-15突击步枪,腰带上别着一把手枪。

夜幕已经降临,他们俩注视着河面上荡漾的灯光。

弗兰克听到下游的饭店飘来一阵歌声,好像是尼基·贾姆的《罪恶之歌》,肯定在举行舞会,还有姑娘们在跳着舞,两个乳房上下乱颤。他在奇卡俱乐部和一个姑娘跳舞时就是放的这首歌,那个姑娘的乳房上文着一只蓝色的鸟,跳完舞他带着女孩上了汽车,两人嗑了药后激情狂吻,再然后,哇喔,他陶醉在回忆中。弗兰克多希望自己

[①] 佛罗里达州东南部的一条通勤客运铁路。

现在在河边的某个饭店和一个辣妹共进晚餐,而不是坐在这里陪着这个值班员,最讨厌的是,这家伙每过几分钟就要放屁。

甲板下面破旧的起居室内,汉斯正在和克莱德·霍珀以及"勒夫"号的二副商谈。二副是个年轻的海地人,穿着带肩章的衬衫,他把负责起重机的水手长汤米喊了进来。汤米喜欢别人叫他水手长汤米,因为水手长的牙买加语同音词的意思是粗又硬。

船长在岸上,谈话的内容他无从得知,不过如果将来出了事也算不到他的头上。汉斯的另一个手下马特奥拿着一支十二号口径的霰弹枪站在舱梯下面。

"菲利克斯呢?"霍珀问道。

"他的孩子要做扁桃体摘除手术,"汉斯说道,"他老婆希望他留在医院。"

汉斯把埃斯科巴豪宅的建筑图摊在桌上,旁边放着他从安东尼奥的手机里打印出来的防波堤下方的洞口照片。

霍珀拿出他的装备照片。"这是驳船上配有液压剪板机的起重机的吊斗,不需要调整方向就可以工作。我还有一台五十吨重的液压绞车,把箱子弄出来没有问题。"

"一次解决问题?"

"一次就行。另外,你真的不需要我帮你把它转卸到货船上?"

"我只需要你照我说的做。放到驳船上,用货网包好,带到这里来。"

汉斯看着二副说道:"你准备好起重滑车,告诉我它的位置。"

他们在水手长的陪同下前往货舱。

"就在这里,"二副说道,"从主天窗放进来,然后我们在上面堆满自行车,甲板上的天窗口也堆上。"

船桥上的值班员看见一辆午餐车沿着河边的公路开了过来,车上的大喇叭放着《蟑螂》。

值班员摸了摸肚子,又放了一个鳄梨屁。"我要拉屎,"他说道,"马上回来。"他把弗兰克一个人留在船桥。弗兰克还在惦记着他的美梦,闻到屁味,他在鼻子前扇动着空气。

坎迪开着午餐车来到了码头,她停下车走了出来。

坎迪穿着超短裤,衬衫下摆在腹部上方打了个结,看上去很性感。

她朝船桥上的弗兰克大声喊道:"嘿,我这儿有热馅儿饼。"

"正点。"弗兰克自言自语道。

"冰啤酒一块五一瓶,你那里还有人吗?我知道你们都喜欢喝冰啤酒。一块五一瓶。你可以给我也买一瓶。"

她等了一会儿,耸了耸肩,准备回到车上。

"你用什么买东西给自己喝啊?"弗兰克从跳板上走了下来。

"我希望是用你的钱。"坎迪说道。她看到弗兰克的衬衫里面有手枪的轮廓。弗兰克把他的步枪留在了船桥。

她打开午餐车的后门,里面有一半地方是空着的。热馅儿饼和啤酒放在两个保温盒里,除此之外,里面还有一个大冷藏箱和煤气灶。

坎迪打开一瓶啤酒递给弗兰克。"想到椅子上坐坐吗?我去拿馅儿饼。"她拿过单肩包把食物放在里面。

他们俩背对着船坐在码头的长椅上。

坎迪拍了下弗兰克的大腿说道:"味道不错吧?"

弗兰克嚼着馅儿饼说道:"你的车上放着《蟑螂》,这太有意思了。"他侧着头俯视坎迪的胸部,嘴里的食物很难咽下去。

在他们身后,维克多,乔洛和帕科从踏板上悄悄溜上了船。

"你真漂亮,"弗兰克说道,"你还卖什么吃的?我们到你车上去看看?"

坎迪在等待一艘船驶过。她在河面上看了又看,一艘也没见着。

"我先给你点儿药嗑嗑,事后再给你一百块。"弗兰克亮出一张百元美钞说道。

坎迪按下汽车钥匙的锁车键,卡车的车灯闪了几下。

船上响起一阵MAC-10突击步枪的枪声,从舷窗可以看见开枪时的火光。

坎迪扣动包里左轮手机的扳机,两枪都打在弗兰克的肋部。她掏出枪在他的腋下又补了两枪。

坎迪看了会儿他的脸,确信他已经死了。她把钞票放进口袋,把啤酒瓶和吃了一半的馅儿饼扔进了河里。

一条鱼浮出水面来吃馅儿饼。水面上隐约传来饭店里播放的歌声。四周一片寂静,一条海牛带着它的幼崽浮出水面呼吸空气。

货船里面,霍珀,二副和水手长已经死了。马特奥不知道哪里去了。

汉斯满脸鲜血,躲在桌子下面装死,维克多朝他又开了几枪,子弹擦着他的外套和衬衫打在地板上,地面上尘土飞扬。图纸还在桌上。乔洛慌张地去摸汉斯的钱包。

"走人!"维克多说道,"走人!开溜!"

维克多和帕科从前舱梯上了甲板。乔洛犹豫了,他想要汉斯的手表。摘手表的时候,汉斯朝他开了一枪,然后站起来向后舱梯逃去。维克多和帕科向他射击,子弹呼啸着打在金属的舱壁上。

汉斯逃到甲板,背身从栏杆上跳进河里沉入了水底,维克多和帕科朝水里开了几枪,然后走进船舱寻找乔洛。

维克多把手放在乔洛的脖子上说道:"他已经死了。把他的身份证拿走。"

他们走过跳板来到码头,把手枪扔进了大冷藏箱。

马特奥开着汉斯的车跑了。

"那些图纸,"坎迪说道,"那些图纸呢?"她把空弹壳清理了之后从子弹条上给左轮手枪重新装满子弹。

"图纸!该死!我们去拿。"帕科说道。

"真该死。快去拿回来。你们确定乔洛已经死了吗?"

"你他妈的以为我们会把他留在那儿不管吗?"维克多说道。

坎迪把左轮手枪的转筒复回原位。"还不快去。"

他们来到船舱,把图纸塞进坎迪的单肩包。乔洛的眼睛已经失去了光泽。他们头也不回地走了。

回到码头,帕科朝停在前面的旅游车跑去,坎迪和维克多上了午餐车。他们一溜烟儿地逃离了现场。不远处,警笛声已清晰可闻。

高架桥下的鱼儿已经感觉到了火车正在驶来,过河的时候,乘客们从桥上把鱼虫撒了下来。等待已久的鱼儿衔起食物潜入了水中,在平静的河面上留下一圈圈涟漪。

第二十六章

坎迪驾驶着午餐车,她已经看到了机场灯塔的灯光。一架飞机从头顶低空飞过,坎迪抬高了嗓门和身边的维克多说道:"地图上怎么说的?几号机库?"

"广场对面,"维克多说道,"国际航班楼的正对面。我们的飞机还有四十分钟。"

午餐车来到一个铁路公路交汇的十字路口,红灯亮起,警铃就要响了。

"该死。"一辆货运列车缓缓驶过,坎迪放慢车速,她转动后视镜查看脸上化的妆,看到后面跟着辆出租车。出租车上突然扫来一梭子子弹,坎迪头部中弹,维克多被当场打死。坎迪趴在方向盘上,压到了喇叭按钮,《蟑螂》伴随着警笛声和货运列车轰隆隆驶过的声音在反复地播放。坎迪的脚从脚刹上掉落,午餐车朝着货运列车开了过去。

卡车的后车厢车门被撞开了。满身是血的汉斯从出租车上爬了出来,他身上的衬衫已经破烂,几乎遮不住里面的防弹背心。汉斯拿着一把全自动手枪。出租车驾驶员想要掉头逃跑,但是汉斯从副驾驶窗户打中了他,然后把他的尸体拖到了地上。汉斯爬上出租车的驾驶座朝卡车后车厢的煤气罐开了一枪。汉斯逃离现场的时候,爆炸的气浪把出租车震得直晃。

汉斯把计价器调到空车的位置。车里的收音机杂音很大,不知道在播着什么。副驾驶窗户上有好几个弹孔,汉斯想把窗户摇下来,座位和方向盘又脏又黏,到处是骨头碎片。

出租车上可能没有定位器,但是他知道出租车公司可以通过卫星系统定位车辆的位置。他并不着急,但是这辆车要赶快扔掉,警方发现后会在上面贴上"疑似犯罪车辆"的通知条。他全身是血,衣服破成了碎片。汉斯一边开车,一边高声从鼻孔唱着歌,时不时还会说一句"遵命"。

前面是个公交车站,一个老人坐在长椅上。他戴着窄边的草帽,穿着印花的短袖衬衫,手上拎着一个装着王冠啤酒的纸袋子。

汉斯把枪放在大腿和车门之间的缝隙处,然后朝右边侧身说道:"嘿,嘿,和你说话呢。"

老人终于睁开了眼睛。

"听我说,我出一百块换那件衬衫。"

"哪件衬衫?"

"就是你身上的那件,过来。"

汉斯从窗户把钱递了过去。老人站起身朝他走了过来。他的腿脚有些不便,睁着红通通的眼睛看着汉斯。

"我想要二百五十块。"

汉斯的嘴角留着泡沫。他拿起枪对着老人说道:"把衬衫给我,不然把你的脑浆轰出来!"他意识到不能弄坏那件衬衫。

"怎么说呢,一百块也行。"老人说道。他脱下衬衫从窗户递了进去,拿过汉斯夹在指间的百元钞票。"我还穿着长裤,也许你会感兴趣。"汉斯没听他说完就把车开走了。老人光着上身回到长椅上,拿出啤酒喝了一大口。

汉斯把车开到最近的地铁站。

马特奥接了汉斯的电话。

"我开你的车逃走的,"马特奥说道,"对不起,我以为你——你懂的——以为你被他们打死了。"

汉斯用出租车的脚垫包好手枪,把它夹在胳膊下面等着马特奥来接他。

汉斯在海湾有个大仓房,里面有网络脱衣舞直播间,还有他的两个私人房间。一个房间墙壁上贴着绒皮壁纸,材质是紫色的南美栗鼠皮。

另一个房间是隔音的,下水道在地板中央,房间里有一个很大的淋浴水管,上面有好多喷嘴。房间里还有他的冰箱,液体火化机,口罩,黑曜石解剖刀——有六毫米和十二毫米两种规格,每把刀都价值八十五美金,比普通的解剖刀锋利许多。

他穿着衣服坐在地上淋浴,热水冲洗着衣服上的血渍。当热水钻进防弹背心里的时候,他把背心脱下来扔在房角,和老人穿的那件衬衫堆在一起。

淋浴房里播放着音乐。汉斯把音响的遥控器装在避孕套里放在肥皂盒上,遥控器前端生锈的天线暴露在外面。他播放的是舒伯特的《鳟鱼五重奏》,这首歌他曾在巴拉圭他父母的家里经常听到。小时候他犯了错误准备接受惩罚的时候,家里就是放的这首歌。

音乐声从小逐渐变大,汉斯坐在地上紧挨着墙角,任凭热水冲刷着地上满是血迹的衣服。他迅速抬起手臂,但是感到全身无力。汉斯把他的阿兹台克死亡口哨放到嘴边,用尽全身力气不停地吹。他吹的《蒙特祖玛的加冕礼》逐渐压过了《鳟鱼五重奏》,听起来像是一万个受害人集体发出的呐喊。他吹不动了,瘫倒在地,脸贴着下水道的洞口。汉斯睁大着眼睛,只能看到血水顺着洞口旋转而下。

第二十七章

汉斯擦干净身体躺到床上,洗去了血渍的衣服还堆在淋浴房的地上。

汉斯想回忆一段美好时光让自己愉快地入睡,他想啊想啊,终于思绪回到了很久以前巴拉圭的一个小型冷库。

他的父母被关在里面,隔着门能听到他们的声音。他们出不来了,因为汉斯用链条打了个死结把门锁了起来,锁门的方法还是父亲教给他的,越是拉扯结就打得越紧。

躺在迈阿密的床上,天花板上开始浮现出面孔,一张面孔从他的面孔里跳了出来,那张面孔一半是父亲,一半是母亲,汉斯为他们补充对白。

父亲:他是闹着玩的,马上就会把门打开了,到时候看我不揍扁他。

母亲在门后面大声喊道:汉斯,亲爱的宝贝,不要再开玩笑了,我们会感冒的,你还得给我们准备纸巾和热茶水。哈哈。

汉斯用手捂着嘴反复模仿着多年之前的那个晚上他从门后听

到的哀求声,那声音持续了整整一晚。

汉斯离开的脚步发出啪嗒啪嗒的声音,这声音和他从汽车尾气管接到冷库通风口的管子震动时发出的声音非常相似。

四天之后,他打开了冷库的门,他的父母保持坐姿,但没有依偎在一起。他们盯着他,冻僵的眼球闪烁着光亮。汉斯拿起斧头敲打他们的身体,裂开的碎块在地上乱蹦。

父母的面孔静静地留在天花板上,就像是一幅壁画。

汉斯翻了个身,像一只活在屠宰场衣食无忧的猫那样睡着了。

汉斯醒了过来,身边一团漆黑。他饿了。

黑暗中,他摸索着向冰箱走去,冰箱门打开了,灯光照在他白皙赤裸的身体上。

卡拉的两个肾装在冰箱下面的一个冰盒里面,因为用生理盐水泡过,保存得很好,依然是粉红色,就等着器官贩子来取货了。汉斯的要价是两万美金。如果不是因为被埃斯科巴的黄金分了心,他会亲自带着卡拉去她的故乡乌克兰,在那儿的话,一对肾能卖二十万美金。

汉斯非常不喜欢吃饭之前的那些仪式。他把毛巾的一头弄湿了挂在冰箱的把手上,把另一条毛巾铺在地上。

汉斯用双手拿着一只烤鸡,在心里面完成了祈祷,因为这句话当初还被狠狠地揍了一顿。

"去你妈的饭前祷告。"

汉斯站在打开的冰箱前,像咬苹果似的咬着烤鸡,他用嘴撕下一大块鸡肉,狼吞虎咽地吞了下去。

他模仿卡丽的鹦鹉说道:"什么鬼,卡门?"汉斯继续吃着烤鸡。他从冰箱拿出一瓶牛奶,喝了几口之后把剩下的浇在头顶,牛奶顺着他的大腿流向了下水道。

汉斯用毛巾把脸和头擦干净后走到淋浴房,他用德语唱道:"甜菜和泡菜,驱赶我离开;如果妈妈烧了肉,也许我就不会走。"

他太喜欢这首歌了,又用英语唱了一遍。

汉斯一边唱一边把黑曜石解剖刀放进消毒器。在迈阿密,做整形手术时常用这种手术刀。他小心翼翼地拿着用黑曜石制成的解剖刀,它的刀刃锋利无比,只有三十埃[①],能够完好无损地将细胞一分为二。割到人体的时候根本没有知觉,直到你看到流出来的血。

汉斯在模仿卡丽:"大众超市的排骨在打折。大众超市的排骨在打折。大众超市的排骨在打折。"

他拿起湿毛巾擦了擦手,"有好多卖午餐的卡车,"他继续模仿着卡丽,"我最喜欢康米达家的。"

他又模仿着鹦鹉:"什么鬼,卡门?"

他拿起死亡口哨不停地吹。淋浴房的地面为了排水方便是向下倾斜的,液体火化机发出咔嗒咔嗒的声音,仿佛在给他打拍子。

[①] 一埃等于十的负十次方米。

第二十八章

晚上十一点过后不久,伊姆兰先生来到汉斯的住处。他是坐着一辆厢式货车来的,货车的中间座位被拆除了,上面放着一团用毯子盖着的东西,货车停下来的时候,那团东西轻微地晃了一下。

伊姆兰先生是来为他的毛里塔尼亚老板格尼斯先生采购货物的。汉斯从来没有见过那位有钱的大老板。

货车司机下车为伊姆兰先生打开移动式侧门。司机是个大块头,面无表情,长着一只菜花耳。汉斯注意到司机两条胳膊的袖子下面都绑了射击运动员使用的护腕。汉斯和货车保持着距离,甚至和伊姆兰先生也保持着距离,因为他知道伊姆兰喜欢吃人肉,乐此不疲。

汉斯的口袋里藏了一支电击枪。

他们坐在汉斯淋浴房的矮凳上。

"抽根电子烟你不会介意吧?"伊姆兰先生说道。

"请便。"

伊姆兰先生开始吸电子烟,一缕芬芳的烟气弥漫开来。

液体火化机在轻轻地摇动，发出咯咯的声音，那是在给卡拉的尸体自动涂抹碱液。

汉斯戴着卡拉的耳环，耳环上有个吊坠，里面是卡拉父亲的相片。他把相片上的人假想为自己的父亲，在吊坠里灌满了一氧化碳。

好几分钟过去了，他们没有任何交流，就站在火化机前看着它工作，好像在观看一场精彩的球类比赛。汉斯给火化机添加了一点荧光染料。卡拉出现在机器的向上通道，她的头骨和残留的脸皮闪闪发光。

"这个机器真的非常特别。"伊姆兰先生说道。

两人眼神交汇的一刹那，彼此都在暗想把对方活着扔进去一定会很有意思。

"她是活着被你放进去的吗？"伊姆兰先生悄悄地问道。

"很遗憾，不是。半夜她想逃跑的时候受了致命伤。即使是死人，受热后熔化的样子也很有观赏性。"汉斯说道。

"你能给格尼斯先生也搞一台这样的机器吗？当着他的面演示如何火化活人，你能做到吗？"

"可以的。"

"今天你有什么货？"

汉斯递给他一个挺大的文件夹，文件夹的皮封面上带着特制的印花图案，里面装的是汉斯趁着卡丽在房间和花园干活儿的时候用长焦镜头偷拍的几张照片和他画的素描。

"哇！"伊姆兰先生说道，"格尼斯先生一定会很感兴趣，谢谢你提供的资料，很棒。那些伤疤是怎么回事？"

"我不知道。如果想干这一票，也许她会亲口告诉你。我想知道,需要干这一票吗?"

"是的,"伊姆兰先生说道,"我希望自己能有幸亲耳听到她讲述伤疤的来历——我最喜欢听她们讲故事了。"他笑着说道。伊姆兰先生的牙齿是斜着向后长的,很像老鼠的牙齿,但是颜色却更像海狸的铁锈色牙齿。他的嘴角两边都长着黑斑。

"那么得换个地方做这件事了,伊姆兰先生,因为一个大活人可不太容易转移。这可不像在机场切除一个肾那么简单。"

"格尼斯先生会亲自参与,"伊姆兰先生说道,"他希望能积极地参与每个步骤。他需要说西班牙语吗?"

"无所谓。她会说英语和西班牙语。但是在临死之前,她会说西班牙语的——人在临死前都会说自己的母语。"

"还有,格尼斯先生希望卡伦·凯夫给他文一个他母亲的文身。他还希望当着他母亲的面做这件事。"

"抱歉,卡伦还在牢里,一年后才能出狱。"

"不是必须马上做好的事情。格尼斯的母亲每年都会过一次生日。卡伦出来后能跑一趟吗?"

"可以的,只要不欠罚款,她的罪名还不至于拿不到护照。"汉斯说道。

"格尼斯先生非常欣赏她做的肖像文身的底纹和半色调技术。"

"卡伦是无与伦比的。"汉斯说道。

"那么,卡伦在服刑的时候,可不可以先给她几张格尼斯母亲的照片看看?"

"我会和她说的。"

"你什么时候能够把卡,卡什么来着?"

"卡丽,"汉斯说道,"全名是卡丽·莫拉。如果格尼斯先生能把他的船派过来,我会搞定的。我还有件东西希望能借用一下格尼斯先生的船。东西不大,但是很重。"

"我们需要给她灌胃,"伊姆兰先生说道,"就在船上做。"伊姆兰先生在他的鳗鱼皮封面的日记本上做了点笔记。

液体火化机发出一阵叮叮当当的声音。

"你听到的是锁甲比基尼的声音,"汉斯说道,"肌肉熔化之后,锁甲碰到了骨头。"

"我们也要搞一台,"伊姆兰先生说道,"机器的尺寸改起来不难吧?"

"非常简单,"汉斯说道,"我会随机附送几个弹簧扣环,免费赠送。"

"可以把肾给我看看吗?"

汉斯从冰箱把卡拉的两个肾拿了过来。

伊姆兰先生用手指戳了戳装着生理盐水的塑料袋。"两个输尿管都有点短了。"

"伊姆兰先生,肾脏从骨盆植入身体,放在膀胱后面一英寸的地方,而不是在肾原先位置的上方。没有人会把移植的肾用很多年。输尿管的长度够用了。"

伊姆兰先生带着泡在生理盐水里的那对粉红色的肾脏告辞了。换肾客户只需要换一只肾就能活下来,在他身上做两个植入切口他就不会知道只换了一个,想到这里,坐在车上的伊姆兰先生拿起一只肾吃了下去。

他的眼睛慢慢睁大了。"真香!"伊姆兰先生说道。

第二十九章

海上金公司是巴兰基亚市一家从事鱼肉罐头加工的企业。多恩·恩内斯特那辆带着后铰链门的林肯汽车和渔民们开的破旧卡车停在一起。

在顶楼的一张会议桌前,多恩和来自休斯敦的卡拉克以及工厂经理瓦尔德斯正在商谈。多恩想要帮助这家刚刚创业的公司。会议桌上放着两盘蜗牛和一瓶红酒。戈麦斯坐的椅子相对于他的块头而言太小了,他把椅子转到对着门的方向,拿着帽子给自己扇风。他的本职工作是保镖,但是多恩允许他发表意见。

卡拉克是广告业人士,他打开公文包说道:"你跟我说希望广告能突显独特与著名这两个特点,那么'享有盛誉'这个词怎么样?"

"口味独一无二怎么样,"多恩说道,"商标上写得下这么多字吗?会不会太长了?"

"写得下。我能搞定。"卡拉克拿出几张罐头商标的图纸,其中一张的主要元素是埃菲尔铁塔与著名的菲诺蜗牛餐厅,另一张是费恩田螺餐厅和法国风情画,还有一张的背景是一座法式城堡,在最显眼的位置上有一个爬在植物根茎上的蜗牛。所有的商标上都写着"哥伦比亚出产"。

"为什么要写'哥伦比亚出产'？为什么不写'法国出产'？"戈麦斯问道。

"因为那样做是违法的，"卡拉克说道，"是在这里生产的，我说得没错吧。法国元素只是一种销售策略。"

"没错，那样宣传就太不道德了，戈麦斯。"多恩说道。

"你们可以用那首洪都拉斯歌曲《蜗牛汤》。"戈麦斯建议道。

"那不是法文歌曲。"卡拉克说道。

"商标上会使用明胶，我们要手工把它贴上去吗？"瓦尔德斯问道。

"不用，瓦尔德斯先生。试点销售之后我们会买一台贴标机，"多恩说道，"你只要做好罐装就行。把蜗牛壳拿给我看看。"

瓦尔德斯把一个盒子拿起来放在桌上。他抓起一把蜗牛壳放在盘子里

戈麦斯拿起一只蜗牛壳闻了闻，然后皱了皱鼻子。"闻起来有过期的黄油和蒜头的味道。饭店不会清洗吃剩下的蜗牛壳，他们只会擦盘子。"

"我们试过用次氯酸钠泡过，但是这样做会影响蜗牛壳的光泽。"瓦尔德斯说道。

"试试法布公司的产品，他们生产添加了柠檬的硼砂。"戈麦斯说道，俨然一副专家的模样。

多恩把图纸推到一边，"卡拉克先生，我希望商标要简约和优雅。比如说一支蜡烛，握着红酒杯杯柄的女人的手。我希望商标能

传达出……你们给女士提供顶级的蜗牛,她吃了之后会欣赏请她吃饭的男人。"

"也许她一吃完就想迫不及待地让你上,我的意思是做爱。"戈麦斯解释道。

"他知道这句话是什么意思,"多恩说道,"那么,瓦尔德斯先生,这两个盘子里的蜗牛哪个是真正法国产的?"

"绿盘子里的。"

"一个盘子里是极品法国蜗牛,另一个盘子里是本地蜗牛。你们可以看出,从外观上看,它们是一模一样的。我相信在用餐的时候很难区分出来。大家一起尝尝吧。"多恩说道。

大家似乎都面有难色。

瓦尔德斯说道:"多恩先生,请您允许我——"

"这就是为什么我要邀请亚历山大过来的原因。戈麦斯,去把他请来。"

多恩从绿盘子里拿起一只法国蜗牛,做出要吃的样子,这时戈麦斯带着亚历山大进来了,他大约三十五岁,戴着一顶博尔萨利诺草帽,系着宽领带,胸前佩戴着平整的装饰方巾。

多恩把蜗牛放回盘子里。"亚历山大见多识广,他是著名的美食家和美食评论家。卡拉克先生,亚历山大有很多在主妇必读类杂志社工作的朋友。"

亚历山大坐下来和卡拉克握手。"多恩先生是个好人。我只喜欢吃我自己做的菜,有些人认为我手艺一般。"

多恩给他倒了一杯红酒。"请享用盘子里的美味,我的朋友,尝一尝来自法国普罗旺斯南海岸的极品蜗牛。"

多恩把盘子递给它。

亚历山大吃了几只,然后喝了一大口红酒,频频地点头。

多恩又给他品尝本地蜗牛。

"现在请你品尝布列塔尼蜗牛,也是法国产的。"

亚历山大挖出蜗牛壳里的肉放进嘴里嚼了嚼。"味道差不多,多恩先生,但是这个肉质有些……粗糙,但是香味浓郁。"

戈麦斯突然想打喷嚏,他抓起领带尾端掩住脸。

"你会购买吗?"多恩问道。

"我也许会倾向于购买第一款,如果买不到,是的,我会购买第二款。第二款有消毒水的味道,我觉得很像我最讨厌的城市自来水带有的氯气味。这一点,你最好和布列塔尼的供货商说清楚。"

"你觉得肉质还不错,对吧? 我们可否在宣传时使用红酒专家用的那个词'口感'?"

"完全可以,"亚历山大说道,"口感很棒,香味浓郁。"

瓦尔德斯带着多恩和戈麦斯去车间。打开车间的门进去之后瓦尔德斯立刻把门关上了。

多恩对着他的耳朵轻声说道:"我在戈纳伊夫有很重的货物要转运,你在码头的设备要准备好起吊也许有八百公斤的货物。从船上转移到卡车上。你把货送到海地角然后装机。在机场你需要准备好铲车。"

"那需要使用大飞机。"

"DC-6A型运输机。"

"货舱门有货梯吗?"

"有。"

"货梯里有平板推车吗？我们要准备吗？"

"有的。飞机上装的是洗碗机和冰箱，留出位置放我的货。最重要的是留出的位置要正好能放下货。时间是大约八天之后。另外也有可能是从飞机上把货搬到船上，现在说不准。"

"乐意为您效劳，多恩先生。文件准备好了吗？"

"海关那边我来搞定。"

会议室隔着一堵墙就是车间，里面有一条类似于禽肉加工厂使用的生产线。一条移动的绳子上倒悬着一只只死老鼠，零星还有几只负鼠。女工们在给老鼠剥皮，取出鼠肉。一台镀镍的手工压模机从一只老鼠身上一次能压出三块蜗牛状的鼠肉。

"那台机器是我花了一万两千欧元在巴黎买的，"多恩说道，"从埃斯科菲[①]时代开始它就在做蜗牛肉了。买的时候还送了一套压猫肉的模子。有人觉得幼鲨的肉比老鼠的肉口感上更接近蜗牛肉。"

多恩拿起笔记本查看日程安排。

戈麦斯唱着一首著名的美食广告歌："幼鲨的肉，好吃好吃最好吃！"

离开工厂的时候，戈麦斯递给多恩一个黑色领结和葬礼臂纱。"在这儿戴上吧，车里不方便。"戈麦斯说道。

多恩把林肯轿车留在了罐头工厂，换了一辆由保罗驾驶的防弹SUV。他们驱车前往热苏斯的葬礼。

多恩在车上接了两个加密电话，其中一个是帕科从麦德林打来

---

① 乔治斯·奥古斯特·埃斯科菲耶（1846—1935），法国著名美食家。

的。在迈阿密河河边的枪战之后,只有帕科一人最终上了飞机,他身边的三个座位空空如也。

汉斯被打死了吗?帕科也不知道。他看见了汉斯的两个手下的尸体,还有两具尸体他认为是船上的船员。

多恩轻声说了几句之后默默地看着窗外,坎迪死了,他回想起和坎迪在圣安德斯岛上的高级酒店共度的快乐时光,想起了两人气喘吁吁的激情时刻。

多恩提前半个小时来到了葬礼,站在熄了火的SUV后面观察抵达的葬礼车队。他打开热苏斯的遗孀给他的一张便条,上面写道:尊敬的多恩先生,如果您能参加葬礼,热苏斯九泉之下也会感到荣幸的。也许这不仅是对他家人的告慰,也是对您自己的告慰。

热苏斯的妻子和儿子从克莱斯勒轿车上下来了,他们身边站着一个英俊的中年男人,他戴着灰色套头帽,以示自己和参加葬礼的人身份不同。

戈麦斯拿着望远镜扫视着人群。

"穿黑色夹克的人身上带着家伙,"戈麦斯说道,"右腿前有枪套,你注意看他转过来的样子,右肩膀还有肩部枪套。他是左撇子。司机站在汽车后备箱旁边。他手上拿着汽车钥匙和一把小手枪。后备箱里可能有支步枪。他的司机服里面穿着防弹衣。我们的人奥根尼萨迪和奎瓦斯在盯着他们。老板,为什么不让我去和她打个招呼,把你写的便条给她呢?"

"不行,戈麦斯。保罗,那个帅哥是谁?"

"他是蒂亚戈·里瓦律师,本地人,是个同性恋。霍兰德·维埃拉劫持公交车的案子他是辩护律师。"保罗说道。

他们看到蒂亚戈·里瓦递给热苏斯的妻子一个牛皮信封,她接过信封放在手提包的后面。大约有三十个人围在热苏斯的墓地前。巴兰基亚市公墓的大多数墓地都是精致的大理石墓地,热苏斯的墓地充其量只是一个小土坑,有点寒酸了。在卡塔赫纳的城市公墓有个漂亮的刻着天使的大理石墓碑,多恩打算征得主人的同意后把它买下来,凿掉上面的碑文后第一时间送给热苏斯的妻子。

她穿着庄重的葬礼丧服,她的儿子站在身边,穿着严肃的黑色西服。

多恩走了过去,他先和热苏斯的儿子握手,"你现在是个男子汉了,"多恩说道,"如果你和你母亲需要帮助,记得给我打电话。"

他转过身对热苏斯的妻子说道:"热苏斯先生是个令人尊敬的人。他信守诺言。我希望将来别人也能这样评价我。"

热苏斯的妻子抬起面纱看着他说道:"房子住起来很舒服,多恩先生。钱也都收到了。谢谢您。热苏斯曾经交代过我——拿到钱和房子后一定记得把这个东西给您。"她递给多恩一个黑色的信封。"他说您在动手之前务必要认真阅读信上的每一个字。"

"夫人,我能问一下为什么这封信在蒂亚戈·里瓦的手上?"多恩问道。

"热苏斯的事情都是他处理的。我们担心这封信会落到敌人的手里。蒂亚戈替我把它保管在他的保险柜里面。谢谢您为我们做的一切,多恩先生。另外,请问您制作音乐吗?"

一架湾流四型客机等在科迪索斯国际机场。离开葬礼二十分钟之后,多恩带着他的人已经在前往迈阿密的飞机上了。

多恩把热苏斯给他的信放在折叠式餐桌上。他仔细地读了一遍之后给马尔科船长打电话。

"汉斯死了没有?"

"我不知道,老板。我们一直没有见到他露面。房子里没什么动静。也没有警察去过。"

"我在来的路上。我们会接管这座房子。我希望你查清楚汉斯的下落。你能找他吗?"

"可以的,老板。"

"那个女孩儿,是不是叫卡丽的,她能帮上忙吗?"

"她说她不想参与这件事,老板。"

"哦,那么去查一下她需要什么,马尔科。"

第三十章

美国陆军专业军士伊莲娜·斯帕拉格斯终于在迈阿密退伍军人医院弄到了一间私人病房。她躺在病床上,一条腿打着石膏悬挂在吊索上。伊莲娜身材粗壮,满脸雀斑,面色苍白。她很年轻,但是因为腿上的疼痛,面色憔悴而疲惫。绑着石膏的腿整日发痒,下午时光显得十分漫长。只要有时间,她的父母就会从艾奥瓦州过来探望她。

她有一只填充玩具狗,镜子上贴着几张祝福早日康复的卡片。挂在墙上的气球已经没多少气了,像一个干瘪的乳房。她还有一个布谷鸟报时钟。钟已经坏了,谁都能看得出来。但是伊莲娜觉得这样也好,反正在这里时间过得特别慢。

她的病友法瓦利特今年三十五岁,他面色红润,整天乐呵呵的。他没有私人病房,凑合着住在公共病房里。病房角落里的电视在放着肥皂剧,电视设置成了静音模式,几个在观看的海军陆战队员在给剧情编台词,多半是难以入耳的下流话。

一个枪炮军士给剧中的小女孩编的台词是:"哦,拉乌尔,"军士捏尖了嗓子说道,"那是一条越南的香肠还是你拉的一条长屎?"

法瓦利特有些厌烦,他转动着轮椅来到伊莲娜的病房,这回他介绍自己是法瓦利特医生,是专门来给布谷鸟看病的。他请求伊莲娜允许自己检查那个报时钟。他把钟从架子上取下来后转动轮椅来到床边。法瓦利特把报时钟放在病床上支着的小饭桌上,把报时钟的背面对着伊莲娜好让她看清楚他是如何修理的。

"我有几个问题,"他说道,"你是布谷鸟的健康负责人,我说的没错吧?"

"是的。"

"你的鸟有没有买医疗保险?当然,我现在不需要看保单。"

"我想应该没有买。"伊莲娜说道。

"那么它拒绝走出家门已经有多长时间了?"

"据我观察,是两周前,"伊莲娜说道,"从那时候开始它不愿意出门的。"

"也就是说,在那之前,它是经常出来的啰?"

"是的,每小时出来一次。"

"哇哦,那就过于频繁了。"法瓦利特说道,"那么,请你尽可能回忆一下,最后几次它出门的时候,叫声是沙哑的吗?还是看上去又脏又累?"

"都没有。"

"伊莲娜,我注意到你的指甲很整齐,我想你一定有一套剪指甲的工具。"

伊莲娜点点头,示意他打开床头柜。法瓦利特从抽屉里取出一个小包,从里面拿出一把镊子和一把指甲锉,看见包里有速干指甲油,法瓦利特感到很高兴。

他开始检查报时钟的发条,发出轻轻的乒乓声。"啊哈!这就是我要的声音。如果允许我使用专业术语,你刚才听到的是'乒乐声'。如果是便宜的报时钟,就是哐当哐当的声音。"

他用手捂住嘴凑近了布谷鸟说道:"请原谅我从你家后门和你打招呼,但是你也要知道现在已经是中午了,你又有两个星期没出门,伊莲娜都担心死了。"他拿着镊子鼓捣了一番后报时钟发出叮当的一声,"终于听到了'叮当之歌',"他转过头对伊莲娜说道,"更专业的术语是'叮当声波',这说明就快修好了。"

法瓦利特给报时钟上足了发条放到伊莲娜面前。他对了自己的手表给报时钟重新调整时间,一会儿看着表,一会儿看着钟,他把报时钟的时间往后调了几次,非常纳闷为什么他的手表在走时而报时钟却一动不动。随后他自己也乐了,原来他忘记拨一下报时钟的钟摆让它开始工作。

现在时间是十一点五十九分,伊莲娜和他一起喊着倒计时。

"五,四,三,二,一。"

布谷鸟出来了,叫了一声就缩回去了,门也关上了。他俩开怀大笑。伊莲娜感到脸上的肌肉发硬,停止了笑声。

"但是它只叫了一声。"伊莲娜说道。

"十二点应该叫几声?"

"十二声。"

"那就有点多了,"法瓦利特说道,"你得让它慢慢适应新工作。"

有人轻轻地敲门。

"请进。"伊莲娜说道。这时候有人进来让她有些不高兴。

马尔科船长把头探了进来。

"你好啊,法瓦利特。"

"马尔科,是你啊,快进来。"

"抱歉打扰你们了。女士,我能和他说句话吗?我保证只要一会儿就说完。"

"只许一会儿,马尔科。"法瓦利特说道。他把报时钟又稍微捣鼓了两下,然后对着它吹了口气。

在走廊上,法瓦利特竖起一根手指示意马尔科安静,他从五开始倒计时。房间里传来十二声布谷鸟的叫声。法瓦利特满意地点了点头,他转过身对马尔科说道:"有什么事,说吧。"

"白天你能从这里出去吗?"马尔科问道。

"可以的。治疗的间隙我有几个小时是空的。"

"我也有个报时钟坏了,也许你能修好。"马尔科说道。

第三十一章

多恩的豪车来到一个停车场,这里停的大多数是普通的经济型轿车,还有几辆旧卡车与一辆改装了一半的英帕拉牌的低底盘汽车,汽车的引擎盖上画着阿兹台克神话里的凶神特拉佐尔特奥特尔。

戈麦斯下车后环视了一圈周边的情况然后为多恩把车门打开。不远处一只公鸡啼叫了一声。

多恩让戈麦斯留在车上。

多恩穿着热带西服,戴着巴拿马草帽。他爬上住宅楼的楼梯,一边查看门上的房门号。

他要找的房间大门敞开着,门口放着一台摇头电扇挡住了路。栏杆上晒着被子,被子旁有个鸟笼,一只白色的葵花鹦鹉在里面休息。

公鸡又叫了一声。

"什么鬼,卡门?"鹦鹉突然说道。

卡丽的声音从卧室传来,"胡列塔,过来搭把手给姨妈翻个身。"

胡列塔擦了擦手从厨房走了出来。她看见了站在门口的多恩。

"你是干什么的?"多恩衣着光鲜,她以为他是来收房租的。

多恩摘下帽子,"我只想和卡丽说两句工作的事情。"

卡丽还在卧室呼喊:"胡列塔,拿些清洗用品过来,快点啊。"

"我不认识你。"胡列塔说道。

卡丽来到厅门,一只手别在身后。

多恩微笑着对她说道:"卡丽,我是安东尼奥的朋友。我想要和你说两句。我来的时机不对。请你先忙自己的事情,我可以等几分钟。楼下面有个野餐台,你弄完了之后能去那儿说话吗?"

卡丽点点头,倒着走进卧室,把手上的东西放了下来。

停车场上几个孩子在踢足球。

小区里的楼与楼之间是草地和树木,草地上有个水泥桌,上面画着跳棋棋盘,桌上有一个咖啡罐,里面装着充当棋子的酒瓶盖子。水泥桌的旁边是一个破旧的烧烤架。一只乌鸦在架子上找东西吃,看到有人来了,赶紧飞到了附近的树上。多恩掏出手帕擦了擦水泥凳坐了下来,愤怒的乌鸦朝他呜呜了两声。卡丽过来了,多恩站起身来。

"你在照顾你的姨妈?"

"我和我表妹两人。我们都不在家的时候,请了一个临时保姆照看她。多恩·恩内斯特先生,我知道你是谁。"

"我也知道你在哥伦比亚的经历,对此我表示同情,"多恩说道,"卡丽,我是安东尼奥的朋友,我也希望能成为你的朋友。你在埃斯科巴家干了好多年,一定很熟悉里面的情况。"

"非常熟悉。"

"你能不能认出汉斯的手下?"

"能。"

"邻居们能经常见到你吗?"

"我认识几个,还认识在他们家干活的人。"

"那些工人,你们见面都打招呼吗?"

"是的。"

"我给你提供一份工作,报酬是给你姨妈最好的照顾。迈阿密最好的疗养院是哪家?"

"帕米拉花园疗养院。"

"我接下来说的话既是安东尼奥给你的礼物,也是给你自己的好机会,希望你认真考虑一下。我给你的报酬是你的姨妈想在帕米拉花园疗养院待多久就待多久,同时不管我在埃斯科巴家找到什么都有你的一份。"

水泥桌上方一棵粗壮结实的鸡蛋花树开了花,引来了许多蜜蜂,它们在头顶盘旋,发出嗡嗡声。

卡丽想起了她的父亲,想起了她看管的老教授。她希望有个可靠的人能给她建议。她看着多恩,有些心动了。

但是从多恩的脸上,她看不出父亲和老教授的影子。头顶的蜜蜂在嗡嗡地飞舞。

"需要我做什么?"卡丽说道。

"首先要替我打探,"多恩说道,"另外,有个女人用手机炸弹杀死了热苏斯,对付女人最好的人选就是女人。我需要你保证我的安全。还需要你提供房子的信息。"

乌鸦等得有些不耐烦了,在树枝上来回踱着步。卡丽觉得多恩的眼神和乌鸦很相似。

显然多恩知道卡丽不具备有说服力的条件可以留在美国,她可能是使用了临时保护身份。美国总统有可能由着他的性子随时取消这个政策,前提是他知道什么叫作临时保护身份。

卡丽可以随时向移民及海关执法局举报多恩和黄金的事情,作为奖励,她会获得永久公民身份和一笔丰厚的奖金。到目前为止她还不想这么做,最好先瞧瞧再说。

乌鸦再次冲着他叫的时候,多恩只是笑了笑。他在思索着可能遇到的事情——痛苦、紧张、恐惧、一个充满危险的地方。"什么鬼?卡门。"他暗自说道,"她会派上用场的。"

"卡丽,你想带着你的鹦鹉吗?"多恩问道。

第三十二章

埃斯科巴的豪宅静悄悄的,房里的家具盖着床单,电影道具模型默默地注视着彼此。

窗户上的自动窗帘本该是在早晨自动拉升,下午气温升高时自动降落,没有卡丽看家的这几天,窗帘大部分时候是不工作的,因为它的自动定时器出了小故障,不过偶尔会不分时间地自动升降。房间里的光线大部分时候都是朦朦胧胧的。自动消防系统一小时内会打开和关闭好几次。

一大早,有只树鼠从里面推开水槽下面橱柜的门,沿着墙角跑到葵花鹦鹉的地盘捡掉在地上的种子吃,鹦鹉已经好多天不见了。

天刚破晓,卡丽从一辆花匠使用的货车前门走下来,在大门的密码盘上输入了密码。门开了,马尔科带着他的人把车开了进去,有伊格纳齐奥、伊斯塔班和贝尼特。

戈麦斯和多恩在停在一个街区外的另一辆车上。

"你最好把嘴巴张开,戈麦斯,待会儿可能有巨响和压力波。"多恩说道。

波比·乔的卡车还停在前门的车道上。卡车的车窗是降下来的，车门也开着，好像还在等着波比上车。昨晚下过一场雨，车里面湿漉漉的。

卡丽看了眼卡车。它全身是水，颜色和波比的脑浆差不多。

他们五个人全都带着武器，口袋里装满了制门器。站在前门的两边，他们试图把门打开，但是发现锁上了。卡丽其实有钥匙。他们把门撞开了，然后掩护卡丽查看报警系统。系统被人关掉了。卡丽打开了楼上的动作传感器的开关。

"小心门口的绊索。"卡丽说道。

伊斯塔班的手上拿着一个装着止痒粉的压力罐。

卡丽摇了摇头，"这里没有光。"

他们保持低于窗户的姿势绕着房子走了一圈，发现侧门是开着的。那只树鼠听到了动静，躲回了水槽下面的橱柜里。

他们开始挨个儿检查楼下的房间。"没人！"每个房间都是空的。

楼上有人说话的声音。他们看了眼动作传感器，但是没有看到它发出警报，于是卡丽把它关上了。伊斯塔班抢占了有利地形，瞄准着楼梯上方。马尔科和卡丽迅速上了楼梯，卡丽的肩上挎着一把打开了保险的AK-47。

在楼上的卧室他们发现有人刚刚离去的迹象。衣服都没来得及穿，电视还开着。一只黄蜂从打开的窗户飞了进来一头撞在天花板上。

空无一人的两间卧室是汉斯和马特奥休息的地方。楼上的其他房间零散地放着他们的工具：一套剃须用品，一双窃贼用的夜行鞋，一只鞋的鞋头上还绑着金属探测仪。

翁贝托的AR-15步枪倚在卧室的墙角。翁贝托把安东尼奥的头颅放进了蟹网，还试图淹死卡丽。

在泳池工具房马尔科发现了菲利克斯用过的背带，上面沾满了鲜血和泥沙。马尔科看着背带思索了几分钟。地上一摊长长的血迹直达码头，马尔科让伊斯塔班用水管把血迹冲干净。

马尔科走进地下室，他站在楼梯上盯着铁箱子。多恩交代过他不许动这个箱子。

带有保险阀门的箱子正面上绘着一幅圣母像，让这里感觉像个小教堂。圣母的身前有几个人在用力地划船。圣母的头边上有人用电钻钻出了一条细长的铁条，铁条还挂在铁箱子上，看得出来是不久前干的。

地板上放着电钻。

马尔科看着在圣母的庇护下拼命划船的几个水手，他在胸前画起了十字。

多恩一直等在车里。电话响了，是安东尼奥的号码。他想了想，然后接了电话。

"你终于找来了，"汉斯说道，"信不信我能让警察在五分钟之后赶到。"

"说你的条件吧。"多恩说道。

"三分之一归我，我觉得这不算过分。"

"你找到买家了？"

"是的。"

"你的买家用现金支付吗？"

"电子转账也可以，转账地点你定。"

"可以。"

"我还有一个要求。"汉斯压低了声音说出了他心底的要求。

多恩闭着眼睛,没有说话。

"我不会那么做,"多恩说道,"我不会那样做的。"

"我觉得你好像还不了解你自己,多恩先生。为了两千五百万美金三分之二的钱,你什么都干得出来。"

电话挂上了。

第三十三章

埃斯科巴豪宅的地下室里，法瓦利特坐在退伍军人医院的轮椅上研究放在牌桌上的几份文件和绘图，这些东西是热苏斯的遗孀给多恩的，多恩把它们扫描了以后派人送了过来。其中一份扫描件是一个铁箱子。法瓦利特脖子上挂着听诊器，手边放着一个小盒子，里面装着各种工具。几盏泛光灯照射着铁箱子有阀门保险的那一面上绘制的圣母像。

地下室里还有马尔科船长与他的大副伊斯塔班。

多恩出现在地下室的楼梯口，几个人赶紧脱帽问候。多恩举起一只手给他们回礼，手势的意思是希望上帝给大家带来好运。戈麦斯和卡丽站在他的身边。

卡丽向马尔科和伊斯塔班打招呼。

多恩走到牌桌边拍了拍法瓦利特的肩膀。

"你好，老板，"法瓦利特说道，"热苏斯的夫人给你的东西全在这里了吗？热苏斯有没有和你说过什么细节？"

"热苏斯死了之后我才拿到了这些东西，法瓦利特，我赶紧扫描了之后给了你。我带了原件过来,但是并不比扫描件清楚多少。"

他们把原件摊开在牌桌上。

"在我看来,铁箱子是用340L不锈钢制成的,所以厚度应该超过五英寸,"法瓦利特用手指沿着照片上书写的图示说道,"这里是炸药仓,我觉得是光感应炸药,只要打开箱子,任何亮度的光线都可能触发它。"

"光感应器不是需要电池供电吗?这东西在这里很久了。"马尔科船长说道。

法瓦利特轻轻敲了敲图纸说道:"也许我们会找到电源,可能在天井的路灯下面有充电电池。天井的那些路灯有定时器吗?"

楼梯上的卡丽接过话茬,"没错,有个定时器,接在食品储藏间的二十安培的断路器上。晚上七点到十一点路灯会自动打开。厄玛飓风那阵子有四天的时间是关上的。"

法瓦利特抬起头,听到女人说话的声音让他有点感到意外。

"她叫卡丽,自己人。"多恩说道。

"卡丽,"法瓦利特指着阀门保险说道,"圣母像有什么特别的含义吗?"

"我不清楚。"卡丽说道。

"图纸上的东西好像是凭猜测画出来的,"法瓦利特说道,"没有细节,没有布线图,派不上大用场,有几个地方标注了'Iman'。"

"哦,那是磁铁的意思。"多恩说道。

"我觉得应该看看箱子的背面,也许能从那里找到它的弱点。"法瓦利特说道。

"我们可不可以从箱子的侧面将它打开?"伊斯塔班问道。

"我觉得这不是个好主意,在不了解它之前最好不用乱动。"法瓦利特说道,"侧面都是钢筋混凝土,这么做意味着什么?"

"意味着即使连夜开工也需要至少两天时间。"伊斯塔班说道。

"交给我吧。"马尔科船长说道。他一直为安东尼奥的死感到内疚,能出上一份力让他的心情会好受一些。

多恩的手机在震动,他拿起来看了一眼后向外面走去。多恩来到泳池工具房,地上安东尼奥的血渍已经冲刷干净了,但是瓷砖缝隙间的勾缝剂也染上了血迹,现在已经变成了褐红色,引来了一大群蚂蚁。

电话是热苏斯的律师蒂亚戈·里瓦打来的。他在多恩位于卡塔赫纳的办公室里。

"多恩·恩内斯特先生,"他的语气十分友好,"很高兴昨天能与您相识,尽管那是个令人悲伤的场合。我有几句话想和您说,所以我来了您的办公室看看您在不在,您在卡塔赫纳吗?"

"我在外地出差。我能为你做什么呢,里瓦先生。"

"我想帮您一个忙。我想热苏斯夫人冒了那么大的风险给您的东西您应该马上就要用上了吧。"

"我想是的。"多恩伸出舌头抵着脸颊内侧说道。

"我得到的信息也许会让您心烦意乱,多恩先生。有人告诉我说您生意上的对手曾接触过那些文件,还在上面做了手脚,这可能会危及到您的人身安全,我对此表示担心。为了您的安全,这些文件必须要物回原样。"

"很感谢你及时告诉我这些,"多恩说道,"做了什么手脚你知道吗？我给你一个传真号码,或者你拍个照发到我的手机上。"

"我想当面告诉您,"里瓦说道,"多恩先生,我将很高兴能与您在卡塔赫纳当面说这件事。我现在已经给自己招来了麻烦,退一步说,热苏斯夫人和她的妹妹也很不好对付。因此,我希望您能给我一点点报酬,我觉得一百万美金是个合理的数字。"

"我的个乖乖,"多恩说道,"一百万可不是个小数字。"

"你需要我的信息,这关系到你和你手下人的生命安全,"里瓦说道,"换了个不像我这样重视荣誉的人也许会报警拿赏钱。"

"如果我不给你这笔钱呢?"

"如果你有时间深思熟虑的话,不妨这样假设一下,也许几个月之后,别人搞到了这笔宝藏,你就会意识到自己犯了一个多大的错误。"

"里瓦先生,七十五万美金怎么样?"

"恐怕我的报价是不会更改的。"

"我会尽快和你联系。"多恩挂上了电话。

多恩喊来戈麦斯和他说了里瓦的事情。"他警告我不要等出了意外再后悔。"多恩说道。

"是的,不要出意外,"戈麦斯说道,"不能出意外。"

"如果我给他钱,戈麦斯,他有可能拿了钱再去移民及海关执法局举报我们。我想安排和他在热苏斯的墓地见面。你搞定他,这样就不会出意外了。看过电影吗,德古拉爵士是怎样把雷菲尔德的脑袋扭到脖子后面去的还记得吗?"

"有点记得,"戈麦斯说道,"但是我要到影视点播频道把电影再看一遍。我可以叫上我的叔叔做帮手吗?他很厉害的。"

"可以,尽快搞定。"多恩说道。

"老板,我走了,你的安全怎么办?"

"我会留个人在身边。"

"这些人? 老板,恕我直言,不管你挑哪个男的在身边,一定要同时带上那个女的。我觉得她很厉害。这方面我有直觉。老板,别忘了,杀死热苏斯的可是个女人。"

多恩没有告诉戈麦斯图纸也许被人做了手脚,也没有告诉法瓦利特,他什么人也没有说。

如果里瓦举报了他们,迈阿密的地下黄金市场会遭到破坏,而这里正是转移非法黄金比较容易的地方。这些黄金到了美国证券交易委员会手上之后会被送进当地的熔炉。热苏斯说过有些金条是有编号的,在弄出去之前需要重铸。另外,如果箱子里有炸弹,是不可能转移出去的。

最坏的结果是箱子爆炸了。但是没关系,没有证人,没有证据,只有附近的建筑会被炸毁,他会损失几个手下,但除此之外,也没什么值得特别担心的。

这样的话,铁箱必须尽快在这里弄开。必须在里瓦向警方举报前弄开。

多恩给海地打了个电话。在和平港机场,一个身穿棕色工作服的人接了电话,他正在给一架使用了超过六十年的旧飞机清洗燃料过滤器。简短的几句话之后多恩向他预定了五百磅鲜花和三台洗衣机。

第三十四章

天井洞口上方的那把大遮阳伞既是为了遮阳,同时也是为了防止被巡警和海岸警卫队的直升机发现。

天亮之后不久,马尔科船长披挂了一套新的吊带服从泳池工具房走了出来。他拿着菲利克斯穿过的沾染了血迹和淤泥的吊带服,把它丢在了泳池边的瓷砖上。

多恩拍着马尔科的肩膀说道:"你没必要亲自下去,我可以找个人来干这个活儿。"

"是我让安东尼奥来查探情况的,这回我要亲自下去。"马尔科说道。

"谢谢你,船长。"多恩说道。

伊格纳齐奥拿着一个小箱子和一个背包从房子里走了出来,他把里面装的东西倒在了地上。

"死人的东西,"他说道,"有一把草,还有些草籽,箱子里有一把莱泽曼牌的多功能刀,一个飞机杯……"他突然意识到卡丽在他的身后,"嗯,有个弹匣,还有几个骰子,你们知道这是什么东西吗?出老千用的骰子杯,还是灯芯绒底的。他根本不知道迈阿密的规矩。这玩意儿被发现的话会当场送了他的命。我去把它丢掉。"

"把旧的吊带服也丢掉。"马尔科说道。

一架海岸警卫队的直升机从头顶飞过,马尔科走到了遮阳伞的下面。

贝尼特也走了进来,他打开了手上拎着的渔竿套。

贝尼特递给马尔科一根大约五英尺长的潜水棒。

"考虑到你可能需要武器,"贝尼特说道,"我侄子给你做了这个潜水棒。"他掏出一个封了腊的弹匣放在手上,"这是改装过的.30子弹,弹头是.30,弹尾是.357,潜水棒前端是原来装填子弹的地方,你看懂了吗?我觉得你最好自己把子弹装进去。"

马尔科检查了一下潜水棒的安全性,然后把子弹从潜水棒的尾部装了进去。

.357子弹的火药仓受到击发后可以将.30子弹的弹壳像一颗长子弹那样发射出去。

贝尼特和马尔科互碰前臂。

"动手吧,"马尔科说道,"我都等不及了。"他戴上有两个木炭过滤器和一个摄像机的面罩,看了一眼正在笔记本电脑上检查图像质量的法瓦利特。法瓦利特竖起大拇指。马尔科和法瓦利特也互碰了一下前臂。

贝尼特转动绞车把马尔科送进了黑乎乎的洞穴。马尔科在空中轻微地摇晃,他打开手电筒查看情况。马尔科感到脸颊上一阵阵浓烈的热气。

"再往下放一点,"马尔科伸长了脚,"再放一点。"他的脚触到了地面。起伏的水面不超过一英尺深,抵到了他的腰部。马尔科用手电筒查看四周,看到了铁箱子、人头骨、从地面上蜿蜒下来的树根。裸露的脚踝清楚地感觉到海水在涌动,马尔科用潜水棒约莫着测量了一下深度。

"水泥支撑柱的间隙足够大,如果铰链能套上去的话,我们就可以把箱子拖出来。"马尔科向前跋涉,在面罩里用力地呼吸,他弯着腰,几乎是从树根下面爬了过去。"驳船的船头翘在水面上,但是没有挡住路。"他走到了铁箱旁边,附近有个人头骨,还隐约见一条狗的残缺的尸骨。

马尔科从口袋里掏出一块磁铁贴在箱子上。

"这一面是不锈钢的,"他说道,"无法从这边弄开。"

"看到焊合线了吗?"法瓦利特盯着屏幕问道。

"焊接方法是珠焊,完美的珠焊,和前面一样,用氩弧焊做的珠焊。不可能是在这下面施工的。"

"拍一下。"法瓦利特说道。

防波堤下的水道传来一阵咕咕的声音,水下泛上来几个气泡。

马尔科从腰带上取下一个小锤子敲了敲铁箱。敲击边缘和中央时发出的声音不一样。

"和前面一样,也许有五英寸厚。我打算查看一下箱子上的铁箍。你那边的图像清楚吗?"

"把摄像头擦一下,马尔科。"

马尔科的塑料袋里装着一块布,他先擦了擦摄像头,然后擦了擦面罩。"等一下,我发现了一个东西,你看见了吗?"他指着箱子上的一个东西说道,"有铅笔那么大。这里有危险,拉我上去。"

咕咕的声音从洞口来到了洞里。

马尔科朝着洞口照进来的那道光束跑去。有什么东西绊了他一跤。马尔科低头看到了菲利克斯的上半身,那部分身体因为在水里泡的时间太长已经发胀而且残缺不全,有些内脏露在了体外。

慌乱之中,马尔科踩上了菲利克斯的尸体,菲利克斯的眼珠子冒了出来,即使戴着面罩,马尔科都感到了窒息。马尔科举起手里的潜水棒,菲利克斯被水下的东西拖走了。

防波堤下面传来了咕咕声。马尔科在水里拼了命地跑,天井洞口的绳索在迅速往回拉。

"快点拉!快点拉!"马尔科的声音在面罩里咆哮。

他的身躯被摇摇晃晃地拉了起来,双脚离开了地面,朝着亮光处拉了上去。他脚下的水面泛起了一圈棺材形状的水泡。伊斯塔班和伊格纳齐奥使出全身的力气转动着绞车。马尔科听到脚下有什么东西张开嘴巴又合上的声音。

他终于回到了地面。

马尔科坐在地上一直喘气,胸口不停地起伏,他把上衣解开挂在腰上。他接过递过来的水,猛喝了几大口,把杯子放在了花坛上。卡丽拿了一杯冷水给他漱口,还拿了一杯朗姆酒给他压惊。

多恩摸着马尔科的头,就像在给信徒祈福的主教。

他们一起查看马尔科的摄像头拍到的照片。

"也许联邦调查局的金属探测仪发现了半埋在沙子里的金属驳船。"多恩说道。

"也许有人曾经动过这个箱子。"法瓦利特说道。

多恩指着菲利克斯尸体上锯齿状的伤口说道:"这是一条咸水

鳄,戈麦斯,你还记得吗,塞萨尔和他的合伙人欠我的钱不还,是不是被丢给了一条咸水鳄?"

"是的,他在自己办公室附近的一座大桥上被丢进了恩里基约湖。"戈麦斯说道。戈麦斯在学习像多恩那样有板有眼地说话。"鳄鱼把他拖走了,很有可能把他吃掉了。"

"鳄鱼不会咀嚼,"多恩说道,"它们把食物藏在水底,泡上一段时间后食物腐烂变软了,它们才会去吃。这条鳄鱼把菲利克斯藏在那儿,正准备回去吃呢。"

法瓦利特指着屏幕说道:"我们看到了箱子,这很好。看见马尔科发现的这个东西了吗?"

"这个东西说明里面装着水银开关,千万不要移动它。"卡丽说道。

"这里原本是个洞,后来焊上了,外表做了光滑处理,"法瓦利特说道,"如果把什么东西和炸药封装在一起,你还可以从这个洞放一根线进去,比如说装个水银开关之类的。只要有人想动这个箱子,就会被炸上天。这是爱尔兰共和军的老把戏了。"

卡丽点点头说道:"有个爱尔兰教官教过我们如何用煤气罐制作简易迫击炮,他也教过我们这个。每个他制作的迫击炮上都写了他的名字。他叫休·雷克森。"

"也许是个假名。"戈麦斯学着多恩有板有眼地说道。

"我们可以用等离子体炬从后面把箱子割开吗?"多恩问道。

法瓦利特摇摇头,"如果这个东西是我做的,我就会在里面装上红外线传感器,正愁你想不到这一招呢。"

多恩长叹了一口气,"看来我们需要找到做这个东西的人了。想要搬走它,我们也许可以使用液态氮将水银开关冻住,但是温度要达到至少零下三十七摄氏度,不然还是会爆炸。红外线相关的技术我不懂。"

"让我想一想,"法瓦利特说道,他看了眼自己失去知觉的双腿,"有时,我就是想得不够仔细。"

"给你半个小时的时间去想。"多恩说道。

他们一起研究拍摄的图片。法瓦利特的手指在焊接点上移动,"不是什么人都有这个技术,看见了吗,这是氩弧焊。看看这儿他的手法,再看看这儿,竟然沿着缝线做了杯型弧焊。真是不简单。有这种技术的人肯定寥寥无几。看一下建筑许可证上天井是哪家公司负责的,箱子肯定是铺设天井的时候送进来的。"

法瓦利特把马尔科拍到的照片上传到了一个图片编辑软件上,然后点击了图像增强按钮。

"欧耶,你太棒了,马尔科。"照片上的箱子底部在闪光灯的微光下显出了三个用油彩笔写的字母。"TAB,多恩先生,是雷谷船运公司。我知道到哪里去打探了,但是我需要一些奖励。"

"口头的还是物质的?"多恩说道。

"最好两样都给。"

第三十五章

吃饱了肚子的鳄鱼心满意足地朝南边游去了，只要看见船只经过就会沉到水下。她是一只身长十四英尺的咸水鳄，大部分时候生活在大沼泽地，靠吃缅甸蟒、麝鼠和海狸鼠生存，但是她更喜欢的地方是南湾乡村俱乐部，因为她可以躺在高尔夫球场平坦的球道上晒太阳。

高尔夫球场的海湾附近还生活着其他鳄鱼，有一到两只尼罗鳄和几只生活在淡水泉边的短吻鳄，所有的鳄鱼都喜欢肚皮朝天晒太阳。

蝴蝶和昆虫喜欢喝鳄鱼的眼泪，每次都把毛茸茸的脚踩进它们的泪腺把眼睛弄得痒痒的，但是在球场工作的除害人员把飞蛾和蝴蝶都赶跑了，这是所有的鳄鱼都喜欢这里最重要的原因。

她打着盹，懒洋洋地看着那些穿着百慕大短裤打着高尔夫球的人。

遗憾的是，高尔夫球场不许遛狗。住在附近的邻居到了天黑会带着铲屎工具和塑料袋偷偷溜进来，让他们的小狗沿着水边撒欢。

鳄鱼不能咀嚼，必须等食物腐烂变软后整个吞掉，但是吉娃娃可以一口吃下去，还有矮脚狗，拉萨犬和狮子狗。这些小型犬可以当场吃掉，而不必像在埃斯科巴的豪宅下捕抓到的猎物那样先藏在某个地方让他变软。

除了菲利克斯，她还吃过另一个人类，那是一个喝醉了酒从船上掉进海里的醉汉，当时没有人发现他失踪了，后来也没有人去调查他的死亡原因，也没有追悼会。吃掉那个醉汉后她大约迷糊了一个小时。

她并没有想过专门捕食人类，但是她记忆力很好，记得哪里找到过食物，她还记得吃人时感觉很与众不同，人类没有那么多毛发、羽毛、坚硬的皮和角，没有难吃的鸟喙和蹄子。相比而言，她的常见猎物鹈鹕就差得太多了。

狗的主人们穿着短裤，露着白花花的大肥腿，在黄昏时分陪着小狗悄悄地溜进高尔夫球场，这些人类对她很有吸引力，再加上晚上光线昏暗，他们看不清楚附近的情况，所以她需要的只是耐心。

把菲利克斯戴的面罩排出体外的那晚她费了好大的劲。面罩留在了高尔夫球场的球道上，管理员看到面罩的时候完全摸不着头脑。

第三十六章

蒂亚戈·里瓦律师长得很帅,他自称是美国演员凯撒·罗梅罗的孙子。他总是一副无法满足的样子,肮脏的心灵完全配不上他俊俏的外表。

想要让他吃亏是根本不可能的事,他甚至看见别人过得好都会感到痛苦。

他尤其不能接受多恩·恩内斯特为热苏斯的遗孀提供了一座舒服的大房子。给热苏斯遗孀的钱和房子没有通过他的事务所完成,他没有机会从中捞上一笔。

热苏斯死后他去拜访过热苏斯的夫人,同样也是一无所获。他认为给他一笔费用是合情合理的,但是热苏斯的夫人不为所动。她坐在舒服的房子里,享受着用人的服务,她那个厉害的妹妹坐在舒服的沙发上对他冷嘲热讽。

回到办公室后,他在那里呆坐了整整一个下午,他耷拉着脑袋,两只眼睛转来转去。

他在热苏斯教多恩如何打开铁箱的图纸上做了手脚,但是不确定多恩是否会为了正确的图纸给他钱。如果多恩不愿意给他钱,迈阿密的沙滩将会有一声巨响,到那时就真的没人给他钱了。

他查阅资料发现去年美国政府给举报人的最高奖励是一亿零四百万美金,发现宝藏的奖励是总价值的百分之十到百分之三十。他掏出一支高尔夫计分笔算出两千五百万美金黄金的奖励至少是两百五十万美金。

他决定举报多恩·恩内斯特。

他给位于华盛顿特区的美国证券交易委员会的举报部门打电话,电话最后辗转来到国家安全部,一个语气非常友好的女工作人员接了电话。

她早已经习惯了不满的银行雇员和嫉妒的公司职员举报他们的上司,耐心地听他讲完了故事。她对里瓦说请他放心,他做了一件正确又正直的事情。她的原话是他在"纠正错误"并"会看到正义的来到"。她称呼举报者的用词是"本案相关人员"。

她给通话录音的时候并没有按照规定先让录音机发出哔的一声。录音机放在她的办公桌上,旁边有个小牌子,上面写着"罚金诉讼,速战速决"。

美国国税局、美国证券交易委员会、美国司法部和美国国土安全局之间在对待各式各样的举报案件时常有合作。按照惯例,哪个部门的人最先鼓励与支持举报者说下去这件事最后就归哪个部门管。

她向里瓦保证,即使他已经把举报内容告诉了其他单位,美国证券交易委员会也会在结案后一百二十天付清他的赏金。

里瓦说他需要一份书面的保证,并且说他提供的信息将会让他们在美国本土找到一大笔黄金和一大堆炸药。

  她说这需要等几个小时。里瓦表示除非拿到这份保证书,否则他什么也不会再说。里瓦拿着手机守在传真机旁等待。

  位于卡塔赫纳的美国国土安全局集装箱安全倡议部的一个特工接到通知去盯着里瓦家,到了晚上,一个来自波哥大的移民及海关执法局的特工接替了他。

第三十七章

法瓦利特看着保险阀门箱壁上的圣母像，圣母也看着坐在轮椅上的法瓦利特。圣母庇护的几个船夫在波涛中奋力地划着船。

法瓦利特坐在牌桌边，桌子上放着一个高斯计，一个电压计，几个强力磁铁和一个听诊器。

多恩，戈麦斯，马尔科，伊斯塔班和卡丽都在看着法瓦利特工作。卡丽和伊斯塔班站在楼梯上负责地下室的安全，戈麦斯站在多恩的身边，遇到情况戈麦斯可以连着轮椅将法瓦利特抱起来走楼梯逃生。

泛光灯照在圣母像上，在昏暗的地下室格外醒目。

"现在我们已经知道箱子是在雷谷船运公司焊上的，"法瓦利特说道，"告诉我消息的人说埃斯科巴本人亲自去公司看着箱子弄好，然后用一辆卡车送到了这里，再用起重机吊了下去。那时候天井下面没有水。他们也没看见埃斯科巴在里面安放机关，一定是后来他找人弄的。装机关的人可能和卡丽来自同一个地方。整条街的煤气都已经切断了吗？"

"切断了，"卡丽说道，"我亲自切断的。"

贝尼特从迈阿密国际机场打来电话。多恩派他去那里查看DC-6A型运输机的装载设备是否正常，之前他的主要工作就是给运输机上装货。他向多恩汇报说飞机已经加满了油准备起飞，货运电梯一切正常。

没什么好等的了。动手吧。

法瓦利特检查了一遍磁铁。他的面前摊开着热苏斯的夫人提供的图纸。法瓦利特点了一根烟。

"你觉得现在是抽烟的时候吗？"戈麦斯说道。

"我觉得是，"法瓦利特说道，"这么说吧，根据图纸，两个船夫身边写的字这儿有两个磁铁，字母A这里和字母V这里。第三个磁铁在圣母像下面的这句话里面。*YO SOY LA VIRGEN DE CARIDAD DEL COBRE*，你们注意到'virgin'拼错了吗？ E应该是I。我需要用三块磁铁放在AVE这三个字母上面。"

法瓦利特拿了块毛巾擦了擦手。"多恩，如果有人想离开这里，现在就走。我有一件事要和你说清楚，从现在开始到活儿结束，这里的每个人都必须照我说的做，你也不例外，多恩先生。"

"听你的。"多恩说道。

法瓦利特深吸了一口烟之后把烟头丢在地上，然后他转动轮椅过去把烟头压灭了。他凝视着明亮的圣母像在胸前画着十字。

法瓦利特摸着那几个奋力划船的船夫，"现在我们在同一条船上了，兄弟。"法瓦利特说道。

此时此刻，距离他们一千一百英里开外的里瓦办公室的电话响了,一份文件从传真机里缓缓吐了出来。

法瓦利特转动轮椅来到保险阀门前,他按下了轮椅的制动键。

法瓦利特把第一块磁铁放在左边,拿起听诊器听了听,然后把第二块磁铁放在右边。门后面有嘀嗒嘀嗒的声音。法瓦利特眨了几下眼睛,他甚至听到了自己的眼皮眨动的声音。

"现在把磁铁放在AVE三个字母上,"他在心里说道,"AVE,仁慈的圣母啊,请你保佑我吧。"他先放了A,再放了V,最后放了E。

嘀嗒,嘀嗒。

他转动阀门,但是没反应。听诊器里的嘀嗒声越来越响,最后不需要用听诊器,所有的人都能听到了。嘀嗒,嘀嗒。

"快跑,"法瓦利特说道。他看着图纸,没有抬头,"快跑啊,不要停。跑到街上去,趴在墙后面。"

"我们要带你一起走,"多恩说道,"戈麦斯!"

戈麦斯走上前来,他弯下腰准备把法瓦利特一把抱起来。

"不!多恩,说好了一切听我的。"法瓦利特说道。

"大家快跑,"多恩说道,"跑啊,不要停。"

他们快步走出了房子,在房子里的时候还不太好意思走得比别人快,但是一想到性命攸关,到了草坪上,他们就顾不了那么多了,迈开腿疯了似的逃命。厨房里的鹦鹉说道:"什么鬼,卡门?"卡丽听到了,跑到厨房打开了鸟笼。

法瓦利特手上拿着一块磁铁在文字上上下移动。嘀嗒声变快了,变响了,他的心跳也随之咚咚地变快了。他把图纸举了起来,圣母像上反射的灯光一下子穿透了图纸,他看到了一个不易觉察的擦涂过的亮点。图纸上在圣母身后用树叶编织的花环的十二点钟位置,有一个被人擦掉的小点。他拿起磁铁尽力地伸出手,但是够不到花环。法瓦利特挣扎着用一只手撑住身体想要从轮椅上站起来。嘀嗒的声音变得像雷声,像炮声,他看着圣母的脸庞呐喊道:"仁慈的圣母啊!"

楼上的卡丽听到了他的呐喊。卡丽把鹦鹉抛了起来,它拍着翅膀飞到沙发上去了。卡丽冲进地下室,只看到明亮的灯光和听到疯狂的嘀嗒声。

法瓦利特把磁铁抛给了她。

"花环上的黑点,十二点钟位置。"

卡丽迈了三大步跑到画像前,跳起身像扣篮一样把磁铁啪的一声放了上去。

嘀嗒,嘀嗒。嘀嗒声停止了。阀门咔嗒转动了一下。法瓦利特和卡丽大口喘着气。卡丽俯身和法瓦利特紧紧抱在一起。等了一会儿之后,嘴里的喘气声变成了笑声。

第三十八章

有大约十五秒的时间，他们感到这个世界仿佛已经陷入沉寂。随后，阀门又响了一声，卡丽和法瓦利特兴奋得手舞足蹈。他们有的忙了。

法瓦利特够不到箱子里的东西，卡丽把他推了过去，两人一起动手把缠着彩色导火线的褐色雷管搬到桌子上。他们发现阀门里面安装了塑胶炸弹，旁边塞满了好几包钉子，爆炸的时候可以起到弹片的作用。

他们不想在靠近阀门的地方打电话，因此，当雷管被清空了之后，卡丽把法瓦利特留在地下室，自己跑到外面向他们发出平安的信号。她握着拳举过头顶向他们挥舞，却忘了鹦鹉还站在手上，它受到了惊吓飞走了。

大伙儿就像训练有素的消防队员，把各种黄金从箱子里一块块传了出来：有标注了"合格交货"的金条，一公斤一块的金条，伊尼里达非法金矿产的粗金条，几袋子装着芝宝打火机大小的扁金条。外面等着的卡车上放着三台洗衣机，在码头上已经用钢筋牢牢地焊接在车厢里。

戈麦斯站在法瓦利特身后,他连着轮椅带工具盒把法瓦利特举起来抱上了楼梯。

几分钟后卡车已经冒着小雨在前往机场的路上。在机场高速上,对面车道一支车队正在急速驶往迈阿密沙滩。

第三十九章

移民及海关执法局的两辆车上有六个特工，四个来自联邦调查局，一个来自戴德县警局的战术行动小组，还有一个是带着拆弹机器人的拆弹专家。车队在机场高速上一路鸣着警笛，下了高速前往迈阿密海滩的时候只有一辆车拉响着警笛。

当地的特警队与消防车早先一步来到了现场。戴德县警局海上巡逻队的两条执法船停在附近的水面上，没有亮灯，也没有拉警笛。特警队从房子的前面和后面同时闯了进去。

房子上空盘旋着警方的一架直升机，天井停机坪上破旧的风向袋被吹得啪啪直响。

拆弹机器人设置的程序是避免发生碰撞，来到楼梯口的时候它显得很犹豫，拆弹专家手动操作遥控器让它踩着台阶进入了地下室。机器人装备的十二号口径霰弹枪的枪管里都是水，用途是破坏炸弹的点火电路。散弹枪配的子弹是特制的，底火换成了电雷帽。

机器人传回来的图像上显示阀门已经打开，阀门背面的门上面什么东西也没有，下面放了好几公斤塑胶炸弹。拆弹组很高兴地发现堆放在牌桌上的炸药已经拆了导火线,导火线的旁边还有一个水银开关。没有任何危险了。这么友好的情况拆弹组还没怎么见过。

三块磁铁和几件擦得油亮的工具稀松地堆在楼梯下面。

房子里没人,只有人物模型,石膏怪兽,几个玩具。

不同部门的人员开始在房里四处查看。炸药被搬到外面的卡车上之后,所有的人终于松了一口气。

拆弹组围在客厅一把古老的电椅前,议论着能不能用它来热比萨。他们的队长坐了上去,说这东西炖炖东西还行,却不能用来做饭,这也是辛辛监狱将它淘汰的原因。清理了炸弹之后,他们好奇地看着房里的物品,觉得什么都很稀奇。

海上巡逻队封闭了跨海大桥,每一艘过往的船只都要接受检查。

特里·罗伯斯把房子里找到的武器放在一起,有一支AK-47和一支AR-15。他戴着手套从AR-15的射击控制处里面取出一个小铝盒,这是后配的扣机,可以将半自动武器改成全自动的。他把扣机拿给现场ATF部门[①]的人员查看。

一个ATF的工作人员看了一眼之后睁大了眼睛,"这是新做的。"他说道。

AR-15的合法嵌入式扣机都是1986年之前制作的。如果拥有三级持枪执照,即使能淘到便宜货,至少也要一万五千美金。

新做的扣机都是非法的,如果被发现需要接受高达二十万美金的罚款,同时要在科尔曼联邦监狱坐二十年牢,不得保释。

"帮个忙,"罗伯斯对他说道,"看看你们的实验室能不能尽快查

[①] 美国司法部下属的管理酒精,烟草与武器的部门。

出扣机是从哪儿搞到的。"

罗伯斯在汉斯的房间找到一个文件夹,里面的图片十分恐怖,让人看不下去。

两天后,罗伯斯警官带着ATF的人来到一个没有窗户的大仓库,仓库看上去像是个屠宰场。多恩和汉斯的武器都是从这里租来的。

仓库的主人让罗伯斯称呼他为巴德。罗伯斯口袋里的搜查令上他的真实姓名是大卫·沃恩·韦伯,职业是仓库管理员,四十八岁,曾因非法持有卡洛因和醉驾入狱两次。

罗伯斯找到他是因为ATF在扣机上发现了他的指纹。

第四十章

多恩的卡车开到了机场一架老旧运输机的旁边,车上的人赶紧下车把洗衣机用平板车运到货梯上。三台装满了黄金的洗衣机混在一排普通洗衣机中间,飞机准备起飞。

灰蒙蒙的天空下着细雨,跑道上全是雨水。一架707客机在跑道上滑行,他们不得不停止了说话。客机过去之后,多恩说道:"跟我们走吧,卡丽。来为我干活儿,这个地方不能再待下去了。"

"谢谢你,多恩·恩内斯特先生,这个地方有我的家。"

"我是认真的。"

卡丽摇了摇头。在雨中,她的脸庞显得更加年轻,不像二十五岁。

多恩点点头。"黄金卖出去之后,你会得到我的消息。找个地方把钱放好,最好是个大一点的保险箱。拿了钱之后,不要一下子用完。做个能干下去的小买卖。至于做什么买卖,到时候我让我的理财顾问和你联系。"

"我姨妈的事情?"

"交给我吧。我保证按照事先的约定照顾好她。"

汉斯站在机场护栏外的公路路肩上远远地看着多恩的飞机。他手上拿着一张纸,上面写着许多电话号码,有机场空中调度室的,戴德县警局机场分局的,交通安全指挥局的,还有移民及海关执法局的。

多恩小跑着去了机场的简易厕所。他拨着电话号码进了厕所。突然他想起来外面可能有人偷听,低下头看了一眼厕所门外,没有看到任何人。

多恩站在小便池前打着电话。

"她在一个野鸟救助站工作,地点是79号跨海大桥。"多恩说道。

远处响起了警笛声,也许是去救火的,也许是冲着他们来的。多恩小跑着上了飞机。

厕所门关上的时候,贝尼特从厕所的棚顶上伸出脚回到了地面。

回到车上后,汉斯关掉了手机放进口袋,把那张写着电话号码的纸卷起来放好。他看了一眼多恩那伙人在DC-6A型运输机上忙碌,然后把车开走了。

飞机沿着跑道慢慢地滑行,四个螺旋桨呼呼地转动,把跑道边的野草吹伏在地上。飞机上装了几台洗碗机,其他全是洗衣机,其中有三台特别重。终于它从跑道上勉勉强强地飞了起来,在空中转了一个大弯后朝着南方的海地飞去。

多恩闭上眼睛,他想起了坎迪和过去的美好时光,也畅想了即将到来的好日子。机组人员让大块头的戈麦斯坐在飞机重心后面的座位上。他拿起一张《新泰晤士报》看着上面的广告。

蒂亚戈·里瓦只知道两个人的名字：多恩·恩内斯特和伊斯德罗·戈麦斯。

逮捕令已经签发，但是他们俩现在在佛罗里达海峡上空的飞机上，逃出生天。

第四十一章

两个星期过去了,没有人收到多恩的任何消息。

马尔科买了一张电话卡,用一次性手机给阿尔弗雷多舞蹈学校打了个电话。接电话的人说这里没有一个叫作多恩·恩内斯特或者恩内斯托的人。

一个天气晴朗的上午,迈阿密北滩的格雷诺德公园里游人如织。有人租了船在平静的湖面上划船,有人在树下摊着桌布野餐,有人在拉手风琴。有人船上在烧烤,蓝色的炊烟袅袅升起。

卡丽看了看手表,在码头边找了把椅子坐了下来。她戴着一顶有明亮缎带的园丁草帽。

一艘船头扁平的小船靠近了码头。

法瓦利特在船尾划着桨,他的轮椅折叠好了放在船舱里面。上次分开之后卡丽没有再与他见面,只在电话里通过一次话,说了十五秒。

船头的伊莲娜·斯帕拉格斯也划着桨,她的一条腿撑在一个充气的模子上面。伊莲娜和法瓦利特都穿着救生衣,在阳光的照耀下,伊莲娜的脸红扑扑的。

法瓦利特笑着和卡丽打招呼。

"你好啊,"法瓦利特说道,"时间过得真快啊。这是伊莲娜。"

"是啊,时间过得真快。"卡丽说道,"你好,伊莲娜。"

伊莲娜没有看卡丽,也没有和她打招呼。

"卡丽,我们南边的朋友没有消息了,"法瓦利特说道,"也许再也没有他的消息了。我觉得他想独吞。"

法瓦利特递给她一个野餐篮,"看看三明治下面有什么。"他说道。

卡丽拿开三明治看到下面有东西发着金光。

卡丽看了看四周,离他们最近的是几个躺在树下休息的野餐者。她把手伸进篮子底部,里面有个布袋子装着九根扁金条,上面印着3.75盎司的章。

"我藏了十八根在我的工具箱里,"法瓦利特说道,"九根归你,九根归我。"他继续说道,既是说给卡丽听的,也是说给伊莲娜听的,"要不是因为你,要不是因为你冲进了地下室,我就死定了。我曾经被炸过一次。这九根金条价值四万四千美金,它们都有瑞士信贷银行的标记,没有编号,所以很容易出手。你不要着急,一根一根地出手,卖的钱存进银行,一次最多存五千美金。记得交税。"

"谢谢你,法瓦利特。"卡丽说道。她取出布袋子,把野餐篮放在船上法瓦利特的轮椅上面。"晒多了太阳也不好。"卡丽说道。

她把园丁帽递给伊莲娜,伊莲娜无动于衷。

卡丽看着板着面孔的伊莲娜说道:"不要错过法瓦利特,他是个好人。"她把园丁帽放在了野餐篮的上面。

他们划着船离开了。卡丽把金条放进手提袋,袋子里装着她的课本和一袋肥高洛牌的果树肥料。

船到了足够远的地方后,伊莲娜轻声地说道:"她长得真他妈的好看。"

"是的,你也是。"法瓦利特说道。过了一会儿,伊莲娜戴上了园丁帽朝卡丽挥手。她有可能带着笑容。

卡丽搭乘公交去了蛇溪运河附近她的准新家忙活儿。

第四十二章

圣诞节就要到了。那天的天气不算冷,温度大约是二十四摄氏度。鸡蛋花树已经掉光了树叶,准备迎接冬天。卡丽从公交站台走向蛇溪运河附近的家,宽大的落叶吹拂在她的腿上。

她拎着两个帆布包。一个包里装着一盆绽放的艳粉色虾衣草,另一个装着她的课本和美国木材委员会颁布的《梁橡列表》。

邻居家几个平均年龄有八岁的孩子在前院拼搭耶稣诞生图。

他们手上有玛利亚,约瑟,食槽里的小耶稣,马厩里的山羊、驴、绵羊和三只乌龟。前院中央的土里插入了一根帐篷杆,两个小女孩和一个小男孩在帐篷杆上缠绕着彩灯,他们想给耶稣降生的马厩配一棵漂亮的圣诞树。

他们的母亲坐在门廊看着他们玩。她的椅子下面有一捆卷好的电线,她要做的事情是看好低压变压器。

卡丽笑着和她打招呼。

"很不错的耶稣诞生图。"她对孩子们说道。

"谢谢,"年纪稍大的小女孩说道,"只有凯马特超市卖塑料做的诞生图,它不怕雨。石膏的就不行了。"

"还有三只乌龟在马厩陪着约瑟、玛利亚与小耶稣啊。"

"嗯,凯马特超市的智者与国王人偶卖完了,我们原来就有这三个乌龟,所以拿来凑数了。它们是木头做的,但是我们用防水漆泡过了。"

"那么这些乌龟的身份是什么呢?"

"它们是三只聪明的乌龟,"小男孩说道,"如果我们买到了智者和东方国王,那么这些乌龟就是普通的乌龟,和马厩里的驴和山羊是朋友。"

"不在马厩里的时候,它们和蛇溪运河里的普通乌龟一样。"

"真棒,"卡丽说道,"谢谢你们给我讲的故事。"

"不客气,妈妈给它通上电的时候过来一起看啊。祝你圣诞快乐。"

走向屋顶盖着蓝色雨布的家的路上,卡丽听到了哨声。一开始只有一两声轻轻的哨声,随后声音越来越响,越来越急促,整条街都听得到,最后的声音听起来像汽笛风琴。卡丽知道这是特蕾莎在发出哨语。

卡丽猜测哨声是想提醒她她家的房前台阶上有个陌生男子。

卡丽把放着盆栽的帆布包换到右手上。

看到卡丽走了过来,那个男子站起身。

卡丽站在院角假装查看一株正在变黄的植物。

她发现来访的男子右边的腰带提得高一些,他的夹克衫下面可以看到手枪枪柄的轮廓。卡丽没有走人行道,她穿过草坪回家,目的是让对方只能迎着阳光看她。

"卡丽女士,我是迈阿密戴德警局的特里·罗伯斯警官,可以和你说几句话吗?"为了获得对方的好感,罗伯斯出示了身份证而不是警官证。

卡丽没有凑过去看他的身份证。她怀疑罗伯斯的腰带下面藏着束线带。

罗伯斯的胳膊下夹着文件袋,他认出了卡丽就是文件袋里面的图片上的人。那些图片尽管是证物,但是罗伯斯现在觉得它们十分丑陋,难以入目,甚至让他觉得自己的胳膊下面在发烫,让他十分难受。

卡丽不想邀请他进屋。屋里的三件家具卡丽一个星期要重新摆放好几次。他是个警察,就像移民及海关执法局的人一样,卡丽不希望他进屋。

卡丽邀请罗伯斯坐在花园的椅子上。

门廊后面的鹦鹉在回应特蕾莎的哨声,它吹着口哨,用英语和西班牙语大声骂着脏话。

"你听得懂哨语吗?"罗伯斯问道。

"不懂。我的邻居用哨语省几块钱电话费。除了她们,没有人听得懂。请原谅我的鹦鹉会说脏话,它老是偷听,还会打断别人说话。如果它对你说了什么,请不要往心里去。"

"卡丽女士,你曾经工作过的一栋房子里发生了许多事。你认识那些人吗?"

"我只和他们一起待了几天。"卡丽说道。

"谁雇的你?"

"他们说他们是一家电影公司,拍摄许可证上有公司名称,我不记得叫什么了。过去几年,好多人在那里拍电影,拍广告什么的。房子里有很多他们用得上的道具。"

"你认识他们吗?"

"老板是个高个子,叫作汉斯·彼得。"

"你知道他们在房子里找到了什么吗?"

"不知道。我不喜欢那些人,第二天就辞职了。"

"为什么?"

"有的人坐过牢。我不喜欢他们的举止。"

"你向他们说过你不喜欢他们的举止吗?"

"我走之前和他们说过。"

罗伯斯点点头。"他们要么死了,要么失踪了。"

卡丽没有任何反应。

"你在上学?"

"迈阿密戴德学院。刚去上的。"

"你想学些什么呢?"

"我想当兽医,在学医学预科课程。"

"你最近拿到了临时保护身份,工作签证可以延期,恭喜你。"

"谢谢。"

卡丽知道罗伯斯要进入正题了。

罗伯斯在椅子上挪了挪屁股说道:"你在获取公民资格的正确轨道上,你看,你有家庭护理执照,照顾过许多老人,你会操持家务。那些人在你工作过的房子里找到了很多黄金。卡丽女士,他们分给你了吗?"

"黄金? 他们只给了我买日用品的钱,还只给了一点点。"

三根扁金条藏在阁楼里的负鼠窝里。

"去年,你在国税局申报的个人收入并不多,但是你现在已经买了房。"

"这房子其实还是银行的。我表妹的姐夫是房子的主人,他人在基多①,我替他看管,把坏了的地方修一修。"

从法律上而言,卡丽说得一点都不错。她可以拿出文件给这个狗娘养的看。

卡丽心中的愤怒在燃烧,她看着自己的房子,看着罗伯斯的脸,看着他和自己一样的黑色眼睛。

她没想到自己精心安排的事情会出了麻烦,没想到麻烦会找上门来,这是她梦中的房子,建在坚固的石板上,小孩子再也不会受到伤害。

花园渐渐地模糊了,罗伯斯的脸越来越清晰,就像她在哥伦比亚看到她的指挥官向躲在房子里的小男孩开枪时的脸。

卡丽抬起头看着杧果树,听着风儿吹拂着树叶,她深吸了一口气。

一只寻找食物的蜜蜂飞进了装着虾衣花的布袋钻进了花朵。卡丽突然想起了老教授,想起他把眼镜叠好放进口袋并戴上防蜂帽的样子。

她也知道自己对罗伯斯生气是没有道理的。

卡丽站起身说道:"罗伯斯警官,我去给你拿杯冰茶,请你慢慢讲述你此行的真正目的。"

在海军陆战队服役的时候,罗伯斯曾经在太平洋舰队蝉联了六个星期的轻重量级拳击比赛冠军,这让所有人都感到不可思议。他

---

① 厄瓜多尔首都。

看着卡丽的脸庞，上面有他熟悉的东西。

好吧，好吧，开始吧。"那好，"在心里面说了"那好"十次之后，罗伯斯终于说道，"你知不知道汉斯想对你干什么？"

"不知道。"

"汉斯给哥伦比亚和秘鲁的非法金矿提供女工，因为采矿污染了水源，很多人都患上了汞中毒。她们死了之后不干净的器官很难卖出去。他卖的器官都没有汞中毒症状。他在汽车旅馆切除器官。残疾的女工被卖到世界各地的畸形人俱乐部，他会根据客户的要求定制各式各样的残疾人。我要告诉你的是，如果他抓不到你，也会重新寻找一个猎物。"

卡丽依然没有反应。

"这是他给你设计的样图。很抱歉，不应该给你看这么残忍的图片，但是我必须要对你说清楚。"

罗伯斯递给卡丽一沓反扣着的图片。

卡丽把图片一张张翻了过来。从专业的角度看，这些图画得很精细。第一幅图上，她只剩下了一只胳膊——留一只胳膊是为了供主人取乐——身上文着格尼斯母亲的肖像。她的身体只剩下这么多，就像树桩上长了一根孤零零的树枝。图片的角落写着一条注释"肩胛肉"。

卡丽把剩下的图片一张张看了过去，叠好后还给了坐在对面的罗伯斯。

"你可以帮我们抓到汉斯。"罗伯斯说道。

"怎么帮？"

"他对你十分感兴趣。我想逮住他，国际刑警也想逮住他。我们应该把他的那些既有钱又变态的客户抓进监狱或者精神病院,那里才是他们应该待的地方。我不希望再有妇女被汉斯摧残。你可以引他出来。"

"你知道他在什么地方吗?"

"他的信用卡在过去的两天里曾在波哥大和巴兰基亚使用过,他还在波哥大用了几次手机。但是他肯定会回来。如果他不回来,我们必须主动出击,和国际刑警配合把他抓回来。有个线人提供了他的几个客户的身份,其中一个客户在撒丁岛有幢别墅。我可以帮你伪造无法上学和上班的证明。你愿意帮我吗?你愿意和我一起把他抓到吗?"

"我愿意。"

"我还要把向他提供武器的那些人抓进监狱。"

罗伯斯已经抓了一个给汉斯提供武器的人,但是他需要更多的证据说服陪审团这些武器在坏人手上做过哪些坏事。

"有一把枪打中了我的妻子,"罗伯斯说道,"也打中了我,打中了我的家,我家和你家看上去差不多。我喜欢我的家就像你喜欢你的家一样。我是说你表妹的姐夫家。你见过汉斯用过的枪吗?"

"见过。"

"什么样子的枪?你能描述一下吗?"

"我不懂枪,不会描述。"

"我看过你写的延长临时保护身份的申请书,我知道你的过去。你是否确定那些枪不是拍电影用的道具枪?"

"他们有两把AK-47,自动和半自动双重模式,带有消音器。几把AR-15,其中一把后配了新的扣机。弹匣容量都是三十发,但是有一把AK-47配了大容量的轮盘弹匣。汉斯背上的肩部枪套里是一把九毫米口径的格洛克手枪。你需要加点儿柠檬吗？"

"我不喝茶。卡丽女士，我不能给你家提供二十四小时保护，但是可以给你提供警方的证人保护住处，你可以待在那里，没有人会找到你。你愿意吗？"

"不，我就住在这里。"

"你真的不愿意去看一眼警方提供的证人保护处吗？真的很安全。"

"不了，警官。我在克罗姆见过那种地方。"

"你可以随身带着手机让我随时都能找到你吗？"

"可以的。"

"我会通知北滩警局巡逻的时候多到你这边看看。"

"谢谢。"

金色的阳光照在卡丽的脸上，虽然罗伯斯知道她并不喜欢自己，但是依然觉得她十分讨人喜欢。罗伯斯已经单身一段时间了。他想起了妻子在帕米拉花园疗养院时阳光洒在她秀发上的样子。罗伯斯不想待在这里了。

"我们已经发布了汉斯的犯罪嫌疑人通知，"罗伯斯说道，"一旦我们发现他，我就给你打电话。"

"祝你圣诞快乐，罗伯斯警官。"

"圣诞快乐。"罗伯斯说道。

也许她并没有那么讨厌我，罗伯斯警官在走回车上的时候想道。

第四十三章

汉斯眼下得到了他所需要的一切：格尼斯先生付给他的定制卡丽所需的一半定金，共十万美金；他在迈阿密的秘密藏身处可以继续使用；一条登记在特拉华州的挂名船只。

帕洛玛在哥伦比亚替他管理信用卡和手机通信。

还在服刑的卡伦给他写了张便条，她说出狱之后愿意到毛里塔尼亚给那个叫卡丽的做文身。汉斯事先把格尼斯母亲的照片给了她，让她在监狱里先练习练习。

他准备了一支JM型号的标准麻醉枪，麻醉镖使用的阿扎哌隆剂量足以使一百二十五磅重的哺乳动物失去行动能力。他的腰带后面还别着一把九毫米口径的手枪。

汉斯发现如果把一个人捆好放进通风的、有背带的装尸袋里，搬动的时候会方便很多。一般而言，封闭防水的装尸袋会把里面的人闷死，所以他准备了通风良好的单层帆布装尸袋。

汉斯还准备了结实的束线带，三氯甲烷，几张面膜以及用来灌胃的饮食补充剂。他带上了自己的黑曜石手术刀，以备在格尼斯先生的船驶向毛里塔尼亚的时候,他们想在厨房工作台上切下点什么。

下午晚些时候,汉斯收拾了房间,把卡拉冲进了厕所的下水道。

他用假身份证租了一辆小型货车,把中间的座位拆了准备用来放卡丽。汉斯拔掉了车内灯的保险丝,这样黑暗中他可以让车的侧门一直开着。

夜幕降临了。一大群欧椋鸟飞到了鹈鹕港海鸟救助站周边的树篱里准备过夜。两个不同家族的鹦鹉爆发了冲突,它们的吵架声比停靠在码头的船只上播放的音乐还要响亮。水面上飘起了蓝色的炊烟,传来烧烤的味道。

野鸟救助站的停车场上,贝尼特在他的旧皮卡上等着接卡丽下班,今晚卡丽要去表妹家过夜。皮卡的空调已经坏了好多年了,贝尼特摇下了窗户,一阵惬意的海风吹了进来。

停车场的四周都是大树,暮色之下,光线非常暗淡。

卡丽收拾好了治疗室,给器械消完毒,拿了一只解冻的田鼠去喂猫头鹰。

猫头鹰飞下来抓田鼠,卡丽闭上眼睛感受翅膀扇起的风拂在自己的脸上。

贝尼特不想等卡丽上车后当着她的面抽烟,于是他卷上一支烟想在她下班前抽完。贝尼特取出他的烟草罐,倒了些烟草在纸上,卷好后用口水舔了舔烟屁股。他点燃了火柴。

火柴的橙色光亮在驾驶室玻璃上闪起的那一瞬间,麻醉镖射进了他的脖子一侧。他伸手去摸脖子,香烟掉在了地上。贝尼特想掏出工作服下面的手枪，但是摸到枪柄的时候，他眼前的方向盘变大了，还在左右摇晃。他试图把车门打开，但是脖子上的麻醉镖药效已经发作，他只觉得眼前一片漆黑。

汉斯在给麻醉枪换弹的时候心里还有些矛盾，他很想当着卡丽的面把贝尼特液化了，这难道不是让她乖乖听话的一个好办法吗？难道不是十分有趣的做法吗？

但是他没有时间了，他要赶上格尼斯先生停在市政湾的大游艇然后把卡丽送出美国领海。最好还是直接把贝尼特的喉咙割断。汉斯掏出了刀。穿过停车场去贝尼特的卡车的时候，救助站的最后一盏灯熄灭了，他听到了门关上的声音和钥匙叮叮当当的声音。先别管贝尼特吧。

卡丽走了过来。

卡丽哼着对唱歌曲《我的真相》夏奇拉唱的那段走进了卡车。贝尼特瘫坐在方向盘后面，下巴紧挨着胸口。卡丽给他带了瓶冰罗望子可乐。贝尼特坚持每晚送卡丽回家，经常在卡车上睡着了等她。

"嘿，贝尼特先生。"

好像棕榈树树枝折断的声音响起的同时，卡丽看到了贝尼特脖子上的麻醉镖，她只觉得屁股一麻。卡丽来到车窗下找到了贝尼特的枪，她转过身举起枪，但是觉得柏油路面好像在上升，不停撞击着她，想要把她包在里面，她感到呼吸困难，眼前一团漆黑。

四周一片漆黑，只能闻到柴油味、汗味和臭鞋子的味道。金属地板在有节奏地晃动，频率比脉搏更快，伴着嗡鸣声。

马达声响起。两台涡轮柴油机开始工作，先低速空转了一阵子，然后船就开动了。引擎开始稳定地工作,发出低沉的嗡嗡声,交替进入二级振动工作模式。

卡丽睁开眼,但是只能睁开一点点,她看到了金属的甲板。

她的眼睛可以慢慢睁大了。

她一个人躺在船头的船舱地板上,头顶上有一个有机玻璃盖子——既是盖子,也是天窗。轮船驶离船坞,开进了黑夜的海上,有一丝亮光从天窗上照了进来,听到的声音也不一样了。

天窗上出现了一张脸,有人在甲板上朝下看。是汉斯。他还戴着安东尼奥的那个有哥特式十字架的耳环。

卡丽闭上眼睛,过了会儿她把眼睛睁开了。她发现躺着的地板上面有个铺位,床尾板和床栏杆结合的缝隙处有剪掉的血淋淋的指甲,她知道那不是她自己的。她的肩膀和手臂一直被压着,十分疼痛。手腕被绑在身后,脚踝也被绑着。她可以看到脚踝上绑着四根结实的束线带。

她不知道自己何时上的船。船速不快,她可以听到海水拍打船舷的声音。教官说过被俘后逃得越快,生存的概率就越大。

长长的黑船的船桥上,马特奥操作着方向盘,汉斯在给伊姆兰先生打电话。伊姆兰现在正在格尼斯先生那条二百英尺长的大游艇上,他告诉了汉斯海上的接头地点。

"我在路上了。"汉斯说道。他好像听到伊姆兰的身边有人在尖叫。

"我去放洗澡水。"伊姆兰先生说道。

"好主意,"汉斯说道,"她可能会吓到尿裤子。"两人同时不怀好意地笑了起来。

船舱下面,卡丽小心翼翼地移动她能移动的所有物品。她知道自己没有骨折,但是眼睛上方肿了,还流过血。

她活动了一下筋骨,侧着身在地上尽可能地挪动身体。

卡丽看着头顶的天窗,终于将自己移动到了一个可以坐着的位置,她背靠着铺位,努力了五次之后,终于把绑在身后的双手从屁股下面移到了膝盖后面。她抬起膝盖紧靠着胸口,用尽全身的力气把双手从脚底套了出来,她的手可以放在身前了。卡丽发现绑着手腕的束线带和脚踝上的一模一样,都是大号的,多余的部分在手腕上伸出去好长。

河里面绑着的那两个孩子,束线带多余的部分在他们的手腕上伸出去好长,他们的头紧挨在一起。砰!

想到这里,卡丽不禁怒火中烧,全身充满了力量。

怎样才能把束线带弄开呢?太难了。借助臀部的力量,也许可以弄断一两根普通的束线带,但这些是大号加粗型的,四根绑在一起。撬开它们。卡丽触碰不到手腕上的束线带,但是如果有楔子,她也许可以将腿上的束线带撬开。她看了眼自己的脖子,藏有匕首的圣徒彼得十字架已经不见了。她环视甲板想发现有用的工具,哪怕是一个发卡也行。

她艰难地在甲板上寻找,什么也没发现。船舱里有个厕所,一面镜子,一个架子,一个花洒,还有一个体重秤。她看了看铺位的床板下面,只有一双发臭的划船鞋。有什么平整的金属片可以用来当楔子呢?匕首已经不见了,口袋也被人翻过,兜底都露在外面。她发现自己被搜过身,胸口的皮肤还被胡须刮伤了。有了。牛仔裤的拉链拉扣不就是平整的金属吗?

卡丽拉开牛仔裤的拉链。她被绑着双手,只能极其缓慢地把牛仔裤一点一点褪下大腿。

她先试着把拉扣插进手腕上束线带的扣眼,但是因为无法使用手指头,拉扣一点也不听使唤,在扣眼处来回乱动。于是她决定试试解开脚上的束线带。有两根是从脚踝前面打的扣,她先把拉扣插进上面的那根。不行,还是不行。扣眼里的舌头压不住。不行,不行,还是不行。终于,扣眼的舌头被拉扣楔进去压住了,束线带长长的尾巴开始往回收缩,最后掉了下来。卡丽把掉下来的束线带踢到床板下面以免被上面的人发现。

卡丽揉了揉腿上被束线带扎出来的印子,然后开始解第二根。这一根难度很大,卡丽试了十二次才最终把它解开。另外两根在脚踝后面打的扣,她只能凭感觉去解。卡丽用了十分钟把拉扣楔了进去,有一点松动了之后她把扣眼转到脚踝的前面,然后只试了三次就把它解开了。

手腕上的怎么弄呢?无法使用手指就不能灵活地操作拉扣,只能在扣眼附近乱折腾。

卡丽依着铺位坐在地上,她听到舱梯传来了脚步声。

虽然手还被绑着,但是现在她可以用腿格斗了。把腿藏在床板下面,假装自己还是被绑着双手双脚争取点时间?不行,准备开打吧。

她从浴室取过体重秤。

卡丽站起身,慢慢地用绑着的双手把体重秤举过头顶。船舱门开了,卡丽一脚猛踢在马特奥的裆部,他几乎飞了起来,然后重重地落在地上。卡丽又飞起一脚踢在他的胸口让他叫不出声。马特奥在地上滚了两下，卡丽用尽力气举起体重秤砸在他的后脑勺上。马特奥俯身趴在地上，卡丽把体重秤竖起来用坚硬的边缘继续砸了他的头骨两下。第二次砸下去的时候撞击声比第一下轻。马特奥的身下流出了一摊液体，一股浓烈的尿味散发了出来。

整个过程只发出了几声撞击和咕哝，几乎抵不上引擎的噪声和海水拍打船身的声音。驾驶舱里的汉斯也许压根儿没有听到，但毫无疑问，接下来的几分钟他肯定是见不到马特奥了。

如果没有救生圈或者救生衣，绑着双手无论如何也是无法游远的。船舱里什么也没有。卡丽搜了马特奥的身，希望能找到一把刀或者一支枪。汉斯很谨慎，他没有让马特奥带着武器下来查看情况。马特奥的口袋里只有几块口香糖。

绑着双手肯定无法游泳。还有什么办法能弄开束线带呢？卡丽喘着气，闻着船舱里的味道。她闻到了臭鞋子的味道，血液的味道，马特奥的尿味。有了，皮质的鞋带可以当锯子使用！

她有多少时间？很少。

汉斯站在舱梯口朝下面喊道："查完她有没有绑好就赶紧上来，马特奥。如果你想干她，我就杀了你。我们必须保证货品的质量。"

卡丽找出了划船鞋，她用手指和牙齿把鞋带拆了下来，然后把两根鞋带连在一起做了根长鞋带，并且在两头做了扣，最后把鞋带从手腕中间穿了过去。

卡丽把双脚伸进扣里做出了蹬自行车的动作，鞋带在束线带上来回摩擦，发出吱吱的声音并散发出淡淡的烟雾，她的手臂都能感受到那份热量。

汉斯喊道："马特奥，你个狗娘养的给我滚上来。我就不应该允许你舔她的奶子。"

卡丽的双脚不停地蹬,鞋带受热后冒着烟,咔嚓一声,断了。继续蹬,继续冒烟,咔嚓一声,第二根断了。卡丽的一只脚不小心从扣里滑脱,发了疯似的卡丽只用了一秒钟就把脚又套了进去,然后拼命蹬了起来。咔嚓一声,第三根断了。

继续蹬。一,二,三,四,五,六,七,不知道数了几下之后,第四根咔嚓一声断了。她的双手解放了,有点麻,血液恢复循环之后还有点酸。

卡丽从天窗看到头顶有一串灯光,像是老鹰口腔的那种淡紫色,卡丽意识到她正在从跨海大桥下方通过,那些是大桥的装饰灯。空中的航空标识灯光像一颗红星和一颗白星!这些灯光是野鸟救助站附近的天线发出的,她的课本和果树肥料还放在救助站的包里呢。船向南边开了,跨海大桥上来往穿梭的车流的灯光仿佛重机枪开火时射出的闪亮弹道。

卡丽站在床板上想打开天窗,但是天窗在前舱,如果打开会被驾驶室里的汉斯发现。船已经驶离了大桥向南方匀速开去,她不能再等了。

引擎的转速变慢了,最后停了下来。卡丽把舱门的插销放下。汉斯站在舱梯朝下面吼了两句。

汉斯走下了舱梯。

卡丽推开天窗爬上了甲板,她听到汉斯在下面踢着舱门。

汉斯拿着麻醉枪。

汉斯发现天窗开着,连忙从舱梯跑回了甲板,而这时,卡丽从船上一跃而下,朝着鸟岛模糊的海岸线游了过去。

汉斯拿着麻醉枪站在甲板上四处张望。他转动船上的那盏大探照灯发现了波涛中的卡丽,然后他举起了枪。

灯光照到身上的时候,卡丽赶忙潜入水中,水不深,她很快触到了海底,浅浅的海水让她都能看到探照灯在海底照出的她的影子。

她需要呼吸,于是从水里浮了出来,她猛吸了一大口气向前游去,一支麻醉镖擦着她的头发飞了过去,卡丽连忙潜入水中。

汉斯用完了麻醉镖,他必须回到船舱取镖。

汉斯放下枪走回驾驶室。在驾驶室他可以边开船边在方向盘上操作探照灯。光束在水面上扫描,再一次发现了卡丽。汉斯加大油门追了过去,即使把她撞死他也在所不惜。

卡丽游得飞快,她从来没有游得这么快过。两台引擎轰鸣着向她靠近。鸟岛就在前方,只剩五十码了。

引擎的轰鸣声好像直接出现在了卡丽的头顶上,仿佛要把她吸过去。探照灯的光束因为距离太近无法照在卡丽的身上。船触底了,在海底的沙洲上吱吱嘎嘎地晃了两下停了下来。汉斯因为惯性向前扑倒在方向盘上,然后倒在甲板上,他飞快地爬了起来。

卡丽不停地游,双手已经能够触到海底了,她站起身,在海水里向着黑乎乎的鸟岛跑了过去。她不停地跑。在水里和他拼了?转过身和他格斗?不行,在水里无法踢腿,他还拿着枪。

卡丽穿过水边的红树林上了岛。鸟岛上垃圾遍地,有冲上岸的生活垃圾,游船丢弃的垃圾,破箱子,玻璃瓶,塑料罐,卡丽不时就会踩在某个垃圾的上面。她一路奔跑,看见树林里面隐约可见的白色海鸟,又踩到了一团黑乎乎的东西,闻到了浓重的鸟粪味。栖息的海鸟发出一阵躁动,熟睡的朱鹭纷纷发出受到惊吓的叫声。

没有明显可走的路,只有几条杂草丛生的小径。

汉斯取出麻醉镖,放下船锚抵御起伏的海浪,然后他也下了水。汉斯把麻醉镖装进枪膛,迈开细长的大腿朝着茂密的红树林跋涉而去。他带着一把手枪,一支麻醉枪和一把手电筒。

他必须干净利落,因为海警的巡逻船随时会发现他的船。手上拿着麻醉枪和手电筒,汉斯穿过红树林爬上坚硬的陆地时吃了不少苦头。

卡丽跑到了当初她拯救受困的鱼鹰的那棵树。附近有没有武器啊,哪怕是一根短棒,一根鱼叉也行啊。

地上有几只缠绕在鱼线上死去的海鸟,一根断了的渔竿,一个装米勒淡啤的空箱子。

几朵云彩在夜空中浮行,遮住了月亮,苍白的月光时隐时现。

上千只鸟儿在集体躁动,雏鸟吱吱尖叫,直到吃了父母反刍的鱼儿才渐渐安静下来。

一只夜鹭站在红树林高高的树顶,一动不动地昂着蛇形的脖子随时准备出击。鸟岛的夜晚依然生机勃勃。

卡丽还在地上找可用的武器,这时她听到了汉斯穿过红树林的脚步声。卡丽不再发出声音,躲到了灌木丛里,看着暗淡的月光照在汉斯的头上。汉斯走近了,他的腰带后面别着把手枪。他戴着安东尼奥的耳环。他就要走过鱼鹰受困的那块空地了。

卡丽往后缩了缩,也许她可以绕到他的身后拔出他的手枪。悄悄地绕到他的身后然后突然袭击,千万不要发出任何声响。

一只鹦鹉突然尖叫了一声从她的头顶拍着翅膀飞走了,汉斯转过身扣动扳机,麻醉镖擦着她的耳朵飞了出去,汉斯向她扑了过来,卡丽狠狠地踢了一脚他的大腿，但汉斯还是把她扑倒在灌木丛里，她的双手被压在胸前。汉斯身强体壮，前臂死死压着卡丽的喉咙，另一只手伸进口袋想掏出麻醉镖直接插进卡丽的身体。汉斯脖子上悬着的东西碰到了卡丽的脸，那是她的圣徒彼得十字架项链。汉斯换了只手压住卡丽，到另一个口袋去掏麻醉镖，卡丽利用这个间隙拼命挣脱出了双手，她一把抓住十字架弹出里面隐藏的匕首，匕首虽短，但是足够了。卡丽举起匕首猛戳汉斯下巴上的柔软部位，插进了下巴之后又旋转了一圈刀刃。匕首刺进了口腔，割断了舌头下面的主血管。汉斯坐在卡丽身上抓着自己的脸，不停地咳嗽，喷出一股股鲜血。卡丽在他身下使劲挣扎，他想拔出他身后的手枪，但最终还是捂住了自己的喉咙，一大股鲜血从汉斯的鼻子里喷了出来，顺着胸口往下直流。朦胧的月色下，鲜血看上去黑乎乎的。汉斯喘着气，弯着腰，从卡丽身上跑开了。卡丽拔出他背后的手枪朝着他的脊椎开了一枪。汉斯一头栽在鱼鹰受困的那棵树上。他背靠着树坐在地上，无力地看着月光下的卡丽。卡丽回头看了一眼，面无表情地看着他死去。卡丽走上前去，拿走了自己的项链。

也许几天后，乘船前来的观鸟爱好者会发现他的尸体，然后向警方报案。也许他们会发现汉斯的两个肩膀上各站着一只秃鹰，像是守护着他的黑暗天使。秃鹰张开黑色的翅膀，挡住了他的脸，而他的脸上能吃的肉已经被吃光，最显眼的是银白色亮晶晶的小虎牙。

天就要亮了。鸟岛上的海鸟又开始躁动，地面上一阵阵拍动翅膀的声音，第一拨鸟儿已经起飞在鸟岛上空绕圈飞行，耀眼的白鹭朝第一缕阳光斜飞而去。鸟岛的地面仿佛都在震动，一片生机盎然。

东方的海平面上，旭日正在升起。卡丽从岛上可以看到跨海大桥。黎明暗淡了夜星,也暗淡了海鸟救助站上空的航空标识灯光。救助站的帆布包里还放着她的课本,果树肥料,迈阿密戴德学院的学生证。

卡丽捡了两个大瓶子做了简易浮袋,一个瓶子有盖子,另一个用鱼线缠着一块塑料堵住了瓶口。卡丽带着两个浮袋踏进了水里,她没有回头再看一眼,朝着黎明游去。